26 fränkische Autoren, darunter prominente wie HERMANN GLASER, WOLFGANG BUHL, KLAUS SCHAMBERGER, HERMANN KESTEN[†], ELISABETH ENGELHARDT[†] und INGEBORG HÖVERKAMP, sowie Mitglieder des Autorenkreises Blaue Feder, beleuchten diese dunklen Jahre von allen Seiten. Hermann Glaser schreibt in seinem Vorwort: »Alle Texte berühren und ergreifen wegen ihrer Authentizität, ihrer Echtheit und Glaubwürdigkeit ... Sie vermitteln deutsche Augenblicke aus der Phase der wohl wichtigsten Zäsur, welche die deutsche Geschichte je erlebt hat ... In dieser eindrucksvollen Anthologie kann man nun erfahren, was eine Perspektive von unten, bezogen auf die Zeit des Dritten Reiches, bedeutet: Ansichten und Einsichten, wie sie Strukturgeschichte nicht zu geben vermag.«

Themen wie Bombennächte, Kriegsgeschehen, Flucht und Vertreibung, Hunger und Not ergeben ein anschauliches Bild jener Zeit. »Nie wieder Krieg!« ist aber nicht nur ein Erinnerungsbuch. Es zeigt auf eindringliche und lebendige Weise, was Krieg und Kriegsfolgen für den Menschen und sein Schicksal bedeuten, und es ist ein Appell an den Friedenswillen der heutigen Generation. Dem Leser wird wieder bewusst, welch hohes Gut der Frieden für die Völkergemeinschaft ist und dass diese lange deutsche Friedensphase von mehr als 60 Jahren nicht leichtfertig aufs Spiel gesetzt werden darf.

INGEBORG HÖVERKAMP, geb. Wienzkol, geboren am 10. September 1946 in Vilseck/Oberpfalz, lebt seit ihrem 13. Lebensjahr im Raum Nürnberg. Sie studierte Anglistik und Geschichte in Erlangen und war bis 1990 im Schuldienst tätig. Sie ist freie Autorin und Leiterin einer Schreibwerkstatt. 1991 wurde sie vom Freien Deutschen Autorenverband für ihre Lyrik ausgezeichnet. 1997 folgte der Elisabeth-Engelhardt-Literaturpreis und 2000 wurde sie in das internationale Lexikon Outstanding Writers of the 20th Century, in den Kürschner und in das Deutsche Schriftstellerlexikon aufgenommen.

Sie ist Mitglied im Freien Deutschen Autorenverband (LV Hessen), im Pegnesischen Blumenorden (Nürnberg), im Frankenbund (Nürnberg) und in der Landsmannschaft der Oberschlesier (Nürnberg).

Bisher erschienen sind: Elisabeth Engelhardt – eine fränkische Schriftstellerin, Biografie, 1994. Ein Riemenschneider in Mittelfranken, Literarischer Kirchenführer, 1996. Mondstaub, Gedichte, 1997. Zähl nicht, was bitter war ..., Roman, 2001.

Nie wieder Krieg!

Die Schicksalsjahre 1933 bis 1949
Eine Anthologie
Herausgegeben von Ingeborg Höverkamp

Weitere Informationen über den Verlag und sein Programm unter:
www.allitera.de

Bibliografische Information der Deutschen Bibliothek

Die Deutsche Bibliothek verzeichnet diese Publikation
in der Deutschen Nationalbibliografie;
detaillierte bibliografische Daten sind im Internet
über <http://dnb.ddb.de> abrufbar.

Juni 2007
Allitera Verlag
Ein Verlag der Buch&media GmbH, München
© 2007 Buch&media GmbH, München
Umschlaggestaltung: Kay Fretwurst, Freienbrink
Herstellung: Books on Demand GmbH, Norderstedt
Printed in Germany · ISBN 978-3-86520-256-7

Inhalt

Ingeborg Höverkamp
Zum Geleit 9

Hermann Glaser
Vorwort 11

Siglinde Aster
Bombennächte 13
Heimkehr 17

Stefanie Bachstein
Wenn die Fischer Tango tanzen 19

Günter Baum
Der erste Einsatz als Pimpf 22
Eine Bombe im Treppenhaus 26

Ellen Braun
Tonband-Interview mit Hella B.: Kriegsende 1945 in Nürnberg 28
Kleine Leute nach einem großen Krieg 31

Wolfgang Buhl
Das Schiff 35

Elisabeth Engelhardt
Trümmerzeit auf dem Lande. Vom vorletzten Kriegsjahr
bis zur Währungsreform 41

Norbert Feierabend
Schlechte Zeiten: 1944–1945 45

Susanne Fleischer
TrümmerTrauma 49
»Ai häv Blaisn on mai Faiß« 52

Ingeborg Frodermann
Nach Kriegsende 1945 56

Helga Geyer
Ins Stammbuch geschrieben. Nürnberg 1946 60

Hermann Glaser
Nachmittagsspaziergang 63
Sommeridyll 65
Die Amis sind da 67

Margit Hartung
Die Puppe 69

Reinhild Hartwig
Alles für die Katz 70
Kriegsende und Flucht. Interview mit Frau O. 76

Ingeborg Höverkamp
Eine Geburt auf der Flucht aus Oberschlesien. Januar 1945 .. 80
Weihnachten 1944 82
»Wie einst Lili Marleen ...« 89
Nie wieder Krieg! Interview mit dem Kriegsteilnehmer
Günther Wienzkol 94

Elisabeth Hornig
Bahnsteig der Schicksale. Frühjahr 1946 102

Hermann Kesten
Wiedersehen mit Nürnberg 104

Christa Kowalski
Krieg, Vertreibung und neue Heimat 105

Georg Masnitza
BROT. Hindenburg, Frühjahr 1945 109

Brigitte Pothmann
Der Spatz in der Hand 111
Weihnachten 1949 113

Anni Raab
Krieg und Frieden 115

Johann Raab
Meine ersten Nachkriegs- und Studienjahre 117

Manfred Schäf
Es geschah im Februar 1945 120
Sommer 1945 122

Klaus Schamberger
Das Flussbad in Mögeldorf 125
Seinerzeit 127

Ruth Schröder
Flucht nach Gotenhafen am siebzehnten Geburtstag 129

Robert Unterburger
Kriegsende in Allersberg 132

Adelheid Zogel
Als Krankenschwester an der Front 137

Bio-bibliografischer Anhang 141
Quellenverzeichnis 147

DANK

Die Herausgeberin und die Mitautorinnen und Mitautoren danken dem Bezirk Mittelfranken, der Stadt Nürnberg, dem Landkreis Roth, der Marktgemeinde Schwanstetten, der Stadt Vilseck, dem Frankenbund, Gruppe Nürnberg-Erlangen, der Kreisgruppe Nürnberg der Landsmannschaft der Oberschlesier und der Akademie des Caritas-Pirckheimer-Hauses in Nürnberg für die freundliche Unterstützung des Buchprojektes. Meinem Ehemann Wilfried danke ich für die fachkundige Mitwirkung bei den PC-Arbeiten.

Ingeborg Höverkamp

Ingeborg Höverkamp
Zum Geleit

Geboren im Nachkriegsjahr 1946, warf der Krieg noch lange seine Schatten auf meine Kindheit, wir spielten Bombennächte und Kriegsheimkehrer. Beide Großväter hatten den Ersten und den Zweiten Weltkrieg als Soldaten durchlitten und stritten sich manchmal, welcher der beiden Kriege der schlimmere gewesen sei. Der Krieg begleitete mich durch die Schulzeit, unser Abitur-Thema an der Nürnberger Maria-Ward-Schule lautete: Die Machtergreifung Hitlers 1933. Der Krieg war Studienobjekt während meines Studiums, brach in mein junges Erwachsenendasein ein, als ich erfuhr, dass mein Ehemann auf der Flucht aus Schlesien geboren worden war. Das erste Foto in den Kinderjahren war das eines Toten, meines Onkels, der im Alter von 18 Jahren an der Ostfront gefallen war. Viele Verwandte mussten aus Oberschlesien fliehen, das Trauma, Verlust der Heimat und Schrecken der Flucht, lernte ich aus den Gesprächen am Kaffeetisch bei großen Familienfeiern kennen. Noch heute hat mein Vater, 85-jährig, Albträume über seine Kriegszeit, erzählt bruchstückhaft von dem Grauen dieser Jahre. In seinen Berufsjahren als Transportunternehmer war er noch bis in die 60er-Jahre mit den Kriegsfolgen konfrontiert. Immer wieder erlebte er, dass man bei den Bauarbeiten auf Bomben aus dem Zweiten Weltkrieg stieß, die Arbeit musste viele Stunden unterbrochen und ganze Stadtteile geräumt werden, um die Bomben zu entschärfen. Maßgeblich war er am Wiederaufbau der Stadt Nürnberg beteiligt, von Jahr zu Jahr gedieh die Ruinenstadt wieder zu einer lebens- und liebenswerten nordbayerischen Metropole und Touristen-Attraktion ohne nennenswerte Narben nach außen.

Schon früh schlug die Überzeugung *Nie wieder Krieg* in meiner Generation und in der Generation derer, die den Krieg mehr oder weniger heil überstanden hatten, ihre tiefen Wurzeln. Doch mit den Jahren wurde uns bewusst, dass die Menschheit offenbar aus dem blutigen Kapitel des Zweiten Weltkriegs nichts gelernt hatte. Der

Vietnam-Krieg, der ewige Krisenherd Afrika und der Irak-Krieg ließen den Traum vom Frieden wie eine Seifenblase zerplatzen.

Auf diesem Hintergrund wurde die Idee geboren, eine Anthologie über die deutschen Schicksalsjahre 1933 bis 1949 zu publizieren. Die Zeit drängt, denn die Zeitzeugen, die über diese dunklen Jahre berichten können, sterben langsam aus.

Es kommen Menschen zu Wort, die aus eigener leidvoller Erfahrung erzählen können, oder die Nachgeborenen haben – nach langen intensiven Recherchen – Zeitzeugen befragt und deren Geschichten aufgeschrieben. In den Nachkriegsjahren hatte man keine Zeit, um nachzudenken, man war vollauf damit beschäftigt, jeden Tag etwas Essbares aufzutreiben und wieder ein Dach über dem Kopf zu ergattern, erst jetzt, aus der Distanz von mehr als 60 Jahren, gelingt eine Aufarbeitung. Unser Buch ist nicht nur ein Erinnerungsbuch. Wir Autoren wünschen uns, dass die heutige Jugend und die nachfolgenden Generationen durch diese authentischen Geschichten erfahren, was Krieg für die Menschen und ihr Schicksal bedeutet und welch hohes Gut der Frieden ist.

Ingeborg Höverkamp, Herausgeberin

Hermann Glaser
Vorwort

Welche Darstellungsform die Mitwirkenden an diesem Sammelband auch wählen – lapidar-dokumentarisch oder dichterisch-verdichtet, Gespräche mit Zeitzeugen oder sie in Interviews befragend –: Alle Texte berühren und ergreifen wegen ihrer Authentizität, ihrer Echtheit und Glaubwürdigkeit. Einen besonderen Schwerpunkt bilden die Schilderungen der Zeit unmittelbar vor und nach Kriegsende – die Peripetie des nationalsozialistischen Trauerspiels, da ein größerer Teil der Deutschen aus seiner wahnhaften ideologischen Verblendung erwachte und zudem, bei aller Misere, ein neues Leben aus den Ruinen erblühte. Leid und Lust waren eng verbunden; eine gewisse Lebensfreude – man war noch einmal davon gekommen – breitete sich aus; es war eben das Schönste unter der Sonne, unter der Sonne zu sein.

Der Wendepunkt, der mit der bedingungslosen Kapitulation der Deutschen Wehrmacht zwischen 8. und 10. Mai 1945 eintrat, konnte kontrastreicher nicht sein. In seinem Aufruf zum Jahreswechsel 1944/45 an das deutsche Volk – »Nationalsozialisten, Nationalsozialistinnen, meine Volksgenossen« – hatte Hitler noch einmal mit monomaner Geschwätzigkeit ein erfolgreiches Kriegsende suggeriert: »... nicht durch die deutsche Kapitulation, denn diese wird nie kommen, sondern durch den deutschen Sieg!« Wenige Monate später hatten die Armeen der Westalliierten und der Sowjetunion fast das ganze deutsche Reich erobert und besetzt. Der Kriegslärm war mit einem Mal verstummt. Ein Mai war gekommen, der so sonnig und warm war, dass man sich im Sommer wähnte. Das schönste Geschenk: die Stille, erinnert sich Arnulf Baring. Wenn er an den frühen Mai 1945 denke, dann zunächst an diese Lautlosigkeit, diese Ruhe, Tag für Tag unter einem blauen Himmel. In der warmen Sonne sitzen und kaum noch Angst haben.

In einem visionären Gedicht (»Die öffentlichen Verleumder«), das wegen seiner symbolischen Vorwegnahme des Reichs der niederen NS-Dämonen in Kreisen des deutschen Widerstandes und der inneren Emigration zirkulierte, hatte Gottfried Keller rund hundert Jahre früher einen solchen Umschwung vorausgesehen:

Wenn einstmals diese Not
Lang wie ein Eis gebrochen,
Dann wird davon gesprochen,
Wie von dem schwarzen Tod;
Und einen Strohmann bau'n
Die Kinder auf der Heide,
Zu brennen Lust aus Leide
Und Licht aus altem Grau'n.

Die vorliegende Anthologie vermittelt »deutsche Augenblicke« aus der Phase der wohl wichtigsten Zäsur, welche die deutsche Geschichte je erlebt hat. Doch beschäftigen sich die Texte auch mit dem Geschehen der Dreißigerjahre und dem der Vierziger (der Nachkriegs-Trümmerzeit). Ein solches Mosaik weiter gespannter Thematik hat unter dem Aspekt »Krieg« durchaus seinen Sinn; denn die Nationalsozialisten begannen bereits 1933 ihren Vernichtungsfeldzug, zunächst im Innern gegen öffentliche Moral und Sittlichkeit, ehe dann 1939 die Hybris der Welteroberungsabsicht dazukam.

Auf der geschichtlichen Bühne gibt es meist nur wenige Akteure bzw. Täter; die meisten Menschen sind Opfer des Geschehens – tun freilich oft genug freiwillig das Ihrige, dass sie zu solchen werden. In dieser eindrucksvollen Anthologie kann man nun konkret erfahren, was eine Perspektive von unten, bezogen auf die Zeit des Dritten Reiches, bedeutet: Ansichten und Einsichten, wie sie »Strukturgeschichte« nicht zu geben vermag.

Wohin man blickt – die Frage bleibt eigentlich immer die gleiche, stellt sich immer wieder mit großer Eindringlichkeit, harrt aber über die Jahrtausende hinweg der Antwort: Was ist der Mensch?

Siglinde Aster
Bombennächte

Kriegsanfang, 1. September 1939. Sechs Wochen später heirateten meine Eltern, um eine Familie zu gründen. Groß war dann ihre Freude, als ich im Januar 1941, ihr Wunschkind, geboren wurde.

Leider blieb dieses Familienglück nicht lange ungetrübt, denn bald danach wurde mein Vater zum Kriegsdienst einberufen. Zuerst nach Karlsbad und später nach einem Heimaturlaub nach Frankreich abkommandiert. Ein Wiedersehen in dieser schlimmen Zeit war ungewiss. Mutter, meine 73-jährige Großmutter, mit der wir zusammenlebten, und ich, wir waren nun auf uns gestellt. Ein Schicksal, das wir mit vielen anderen teilten.

Obwohl in Nürnberg zahlreiche Rüstungsbetriebe ansässig waren, blieb die Stadt in den ersten Kriegsjahren von größeren Bombenangriffen verschont. Ab Oktober 1941 gab es die ersten kleineren und ab 1942 begannen dann die größeren Angriffe, die große Schäden in Wohngebieten und Betrieben verursachten.

Nur Fotografen des Bauamtes war es gestattet, Bilder von der Zerstörung und den Aufräumarbeiten zu machen. Diese Bilder durften auch nicht veröffentlicht werden. Für Privatpersonen war das Fotografieren verboten. Trotzdem wagten es einige.

Wir wohnten im Stadtteil Wöhrd, Mutter schon seit ihrer Kindheit in demselben Haus im Erdgeschoss. Im Keller war jetzt ein Luftschutzraum für die Hausbewohner und auch für Passanten, die auf der Straße von einem Luftangriff überrascht wurden.

Seit den Angriffen standen nun in unserer Wohnung zwei kleine Koffer, gepackt mit unseren nötigsten Sachen, und eine braune Ledertasche mit unseren persönlichen Papieren, jederzeit griffbereit für den Ernstfall.

Der 10. August 1943, ein warmer Sommertag, ging zu Ende. Mutter brachte mich wie jeden Abend zu Bett. Alle Fenster wurden verdunkelt, damit kein Lichtschein nach draußen drang.

Später legten sich Mutter und Großmutter nieder, in der Hoffnung auf eine ruhige Nacht.

An diesem Abend aber starteten 653 britische Bomber, 216 Halifax und 119 Stirling mit 878,9 Tonnen Brandbomben zu einem Großangriff auf die Stadt der Reichsparteitage. Das Ziel der Flugzeuge blieb der Flugmeldestelle allerdings verborgen, sodass um 0.38 Uhr die große Verdunklung aufgehoben wurde.

Doch zehn Minuten später heulten die 130 Sirenen der Stadt »Fliegeralarm«.

Dass der Angriff Nürnberg galt, wurde erst erkannt, als die ersten Flugzeuge über dem nordwestlichen Stadtgebiet auftauchten und Leuchtbomben, die so genannten Christbäume, zur Markierung der Angriffsziele abwarfen.

Zweieinhalb Jahre war ich damals alt. Ich glaube, mich an einiges zu erinnern. Das Meiste allerdings weiß ich von späteren Erzählungen meiner Mutter. Anfangs wurde über diese Nacht und die Kriegsgeschehnisse nicht gesprochen. Wahrscheinlich auch verdrängt.

Schnell riss mich Mutter aus dem Bett. Nur mit Mühe konnte sie mir noch etwas überziehen, denn ich zappelte wie wild mit Armen und Beinen vor Aufregung und Angst vor dem durchdringenden Sirenengeheul, das ich mittlerweile schon oft erlebt hatte.

Das griffbereite Gepäck wurde schnell genommen und wieder einmal ging es in den Luftschutzkeller. Auf dem Weg dorthin zweifelte Mutter an seiner Sicherheit. Den Schutzraum im gegenüber liegenden Bäckerhaus hielt sie heute plötzlich für sicherer und wollte mit uns hinüber.

Doch draußen war schon die Hölle los. Der Luftschutzwart ließ deshalb niemanden mehr nach draußen.

Zwischen Fliegeralarm und Angriff um 0.54 Uhr waren nur sechs Minuten Zeit. Für viele Menschen viel zu kurz, um einen Schutzraum aufzusuchen.

Still und in Todesangst saßen alle auf ihren Plätzen im Keller. Manche beteten, während von draußen das Pfeifen und Surren der Bomben zu hören war. Dann wieder das unheilvolle Brummen der Motoren von weiteren herannahenden Flugzeugen. Vier Angriffe der britischen Luftwaffe erfolgten in dieser Nacht.

Endlich, um 2.35 Uhr, ertönte das erlösende Sirenengeheul »Entwarnung«, und wir konnten alle körperlich unversehrt nach oben und waren froh, diese Angriffe überlebt zu haben.

Unser Haus stand nicht mehr. Es war durch eine Sprengbombe vernichtet, wir waren jetzt total ausgebombt. Unser Keller aber hatte zum Glück den einstürzenden Trümmern standgehalten. Die meisten Toten und schwersten Sachschäden gab es in Wöhrd. Dieser Stadtteil wurde in dieser Nacht fast völlig dem Erdboden gleichgemacht. Viele waren zu lange in den Schutzräumen geblieben und fanden durch Rauchvergiftung und Sauerstoffmangel den Tod. Viele Tote wurden, völlig verschüttet unter den Einsturzmassen, geborgen.

Auch das gegenüberliegende Bäckerhaus wurde bereits zu Beginn des Angriffs total ausgelöscht. Diese schlimme Nachricht erreichte uns gleich durch den Luftschutzwart. Dies hatte uns tief getroffen. Wir hatten Glück im Unglück.

Mutters Freundin, die Tochter der Bäckersleute, und ihr dreijähriger Sohn überlebten nur deshalb, weil sie für ein paar Tage ihre Schwiegereltern auf dem Land besucht hatten. In dieser Nacht verlor sie nicht nur ihre Eltern, auch ihren einjährigen Sohn, den sie bei ihnen gelassen hatte. Einige Monate später fiel auch ihr Mann an der Front.

Mutter trug die zwei kleinen Koffer und hatte je eine Wolldecke über die Schultern gelegt. Großmutter hatte die braune Ledertasche und führte mich an der Hand. Ich hielt meinen Teddybären im Arm. So bahnten wir uns einen Weg durch die Trümmerlandschaft zum nächsten öffentlichen Bunker.

Die Nacht war erleuchtet von den brennenden Häusern, die Luft voller Rauch und Asche. Im Bunker verbrachten wir die restliche Nacht. Helfer registrierten unsere Personalien, versorgten uns mit einer Kleinigkeit zum Essen und Trinken.

In dieser Nacht wurden viele Nürnberger obdachlos, die dann am Land eine neue Bleibe suchten.

Auch wir verließen am Morgen des 11. August 1943 Nürnberg mit dem nächstmöglichen Zug Richtung Oberfranken zu den Verwandten meines Vaters. So war es mit ihm und seinen Geschwistern abgesprochen.

Obwohl wir dort zunächst auch einigen Widrigkeiten ausgesetzt waren, war es doch kein Vergleich zu der ständigen Angst vor den Luftangriffen. In Nürnberg häuften sich nun die Angriffe. Die Sirenen heulten mehrmals in der Woche. Auch Störangriffe sollten die Nerven der Bevölkerung strapazieren, um ein baldiges Kriegsende herbeizuführen. Am Land dagegen konnten wir doch bald eine eigene kleine Bleibe finden, ein ruhigeres Leben führen und auf ein Ende dieses Irrsinns hoffen.

Heimkehr

Tante Marie sollte zu Besuch aus Nürnberg kommen, und Mutter deutete eine Überraschung an. Deshalb musste ich schon wieder zum Haareschneiden. Denn schön sollte ich sein, wie meine Mutter meinte. Darüber war ich nicht begeistert. Denn ich wollte lange Haare haben, wie meine Klassenkameradinnen, die alle lange Zöpfe hatten. Sieben Jahre war ich alt und seit Herbst 1947 in der ersten Klasse.

Dann kam der 30. April 1948. Zusammen mit meiner gleichaltrigen Cousine Wilma ging ich am Nachmittag zum Bahnhof, der am anderen Ende des Ortes Scheßlitz lag, um die Tante abzuholen. Für den Gepäcktransport nahmen wir einen kleinen Handwagen mit. Bald war das Pfeifen und Schnaufen des herannahenden Zuges zu hören. Mit kreischenden Bremsen kam er am Bahnhof an, sogleich wurden die Türen geöffnet und die Reisenden drängten auf den Bahnsteig. Die wenigen Ankömmlinge waren leicht überschaubar. Gleich entdeckte ich Tante Marie mit ihrem schwarzen Lockenkopf. Sie war in Begleitung eines schlanken Mannes mit braunen, zurückgekämmten Haaren. Und während ich noch überlegte, wer wohl ihr Begleiter war, stürmte meine Cousine schon auf ihn zu und rief: »Onkel Hans – Onkel Hans!«

Und ich begriff, wie in Zeitlupe, dass dieser Mann mein Vater war. Ich stand wie angewurzelt. Wilma blickte mich triumphierend an. Er war also die Überraschung! Als wir ihn in Nürnberg bei seinem Heimaturlaub 1943 zuletzt gesehen hatten, war ich zweieinhalb Jahre alt. Ich kannte ihn eigentlich nur von Fotografien, die auf unserer Kommode standen. Das Hochzeitsbild meiner Eltern, der Vater in feldgrauer Uniform. Mittlerweile waren fünf Jahre vergangen.

Am 28. April 1948 war er aus französischer Gefangenschaft entlassen worden. In Nürnberg hatte er sich bei seinem früheren Arbeitgeber, der Post, zurückgemeldet. Wohnen wollte er vorerst bei seiner Schwester Marie, bis für uns alle eine Wohnung gefunden wurde.

Gegen Kriegsende hatten wir monatelang keine Nachricht von ihm erhalten und auch Nachforschungen über das Rote Kreuz waren erfolglos geblieben. Erst viele Monate später erreichte uns ein Lebenszeichen aus dem Gefangenenlager in Frankreich.

Manchmal erzählte der Vater von seinen Stationierungen in Metz und in Südfrankreich, von Bordeaux und von Arcachon an der Atlantikküste. Von dem großen eleganten Hotel, in dem sie Quartier genommen hatten. Auch vom Gefangenenlager erzählte er und von seiner Arbeit auf den beiden Bauernhöfen, zu der er sich freiwillig gemeldet hatte, um aus dem Lager herauszukommen.

Besonders freute ich mich über sein Geschenk, ein Märchenbuch der Gebrüder Grimm, mit einer Widmung zur Erinnerung an seine Heimkehr. Dieses Buch war von der Kriegsgefangenenhilfe Paris herausgegeben worden. Jetzt hatte ich, neben dem Lesebuch der ersten Klasse, ein zweites, eigenes Buch, und bald konnte ich die Märchen selbst lesen.

Viele Jahre später ist mir der Tag der Heimkehr erst richtig bewusst geworden. Als Kind hatte ich wahrscheinlich die verletzten Gefühle verdrängt. Jetzt sah ich wieder die Szene am Bahnhof mit Wilmas großem Auftritt, den sie sichtlich genoss. Warum durfte nicht auch ich an der Vorfreude auf die langersehnte Heimkehr des Vaters teilhaben?

Stefanie Bachstein
Wenn die Fischer Tango tanzen

Stolz wie ein Hahn marschierte Boje mit Lieselotte den Seemannsweg hinunter in das Nachtlokal »Fietes lütte Muschel«, das bis fünf Uhr morgens offen hatte. Badegäste und Einheimische, Fischer und Bauern aus den umliegenden Dörfern und Kögen trafen sich hier zum Tanz. Lieselotte hatte aus diesem Anlass im Bekleidungsgeschäft Petersen ein Kleid gekauft. Taubenblau mit einem naturweißen Kragen aus Georgette. Auch Boje hatte sich herausgeputzt und sah grässlicher aus als sonst. Sein dunkelblondes Haar klebte mit Pomade am Kopf und die Hosenbeine seines Konfirmationsanzugs hatten Hochwasser. Sie setzten sich an einen Tisch an der Tanzfläche und Lieselotte beobachtete die tanzenden Paare, während Boje sich zu den anderen Fischern an den Tresen setzte und einen Klaren nach dem anderen kippte.

Es sah lustig aus, wenn die Fischerburschen breitbeinig Tango tanzten und ihre Damen nach hinten beugten. Ein kräftiger Mann fiel dabei mit seinem Mädchen auf die Tanzfläche. Lieselotte musste sich beherrschen, um nicht laut zu lachen. In ihrer Nähe saß ein vornehm gekleideter Herr in dunkelblauem Anzug mit Goldknöpfen. Sein schwarzes, leicht gewelltes Haar war nach hinten gekämmt. Er hielt eine Zigarre in der Hand und qualmte genüsslich. An seinem kleinen Finger steckte ein Siegelring. Er sah aus wie Rhett Butler in »Vom Winde verweht«. Lieselotte zwang sich, ihn nicht anzustarren.

Als Boje sich Mut angetrunken hatte, forderte er sie zum Tanzen auf, zog sie an sich und schob mit ihr über die Tanzfläche. Ihre schmale Hand lag in seiner linken Pranke, die er beim Tanzen nach außen drehte, sodass sie seinen Daumen umklammern musste. Sie fühlte sich dabei unwohl. Mit einer Hand tastete sie nach ihrem rechten Oberschenkel, um sich zu vergewissern, dass das Strumpfband noch hielt. Bei einem Straps ihres Strumpfhalters war der Knopf abgerissen und sie hatte ihre Brosche zum Festmachen des Strumpfes genommen. Dieses Schmuckstück hatte ihr bis heute Glück gebracht. Genauer gesagt, seit dem neunten März 1945, dem Tag, an dem ihre Familie nach einer abenteuerlichen Flucht Gotenhafen erreichte.

Sie hatten dort ein Quartier in der Adolf-Hitler-Straße zugewiesen bekommen. Eine schön eingerichtete Wohnung im dritten Stock, mit Möbeln wie bei den Herrschaften auf Gut Zitzewitz. Es war, als würden die Bewohner jeden Augenblick zurückkehren, denn alle Zimmer waren vollständig eingerichtet. Dunkelbraune Holzmöbel, verzierte Spiegel, Ölgemälde und weiche Teppiche. Betten und ein Badezimmer mit Wasserklosett. Nicht zu vergleichen mit ihrer armseligen Behausung daheim. Sie waren überglücklich, Krieg hin oder her.

Auf der Kommode stand ein Familienfoto im Goldrahmen. Vater, Mutter, ein Junge von etwa zwölf und ein kleines Mädchen mit dunklen Locken. Auf einem Stuhl daneben offensichtlich die Großmutter. Lieselotte hatte damals dieser Familie, die ihren Wohlstand hier zurückgelassen hatte, von Herzen gewünscht, dass ihr die Flucht über die Ostsee geglückt sei. Sogar eine Schmuckschatulle auf dem Toilettentisch im Schlafzimmer war dageblieben. Zwischen goldenen Ketten und kostbaren Ringen lag auf dunklem Samt eine aquamarinblaue Brosche. Wie klar der hellblaue, schön geschliffene Stein in der Goldfassung leuchtete!

Für Lieselotte war die Flucht im März 1945, an ihrem siebzehnten Geburtstag, ein Abenteuer und wie Ferien, die sie nie gehabt hatte. Mit ihrer jüngeren Schwester Waltraud ging sie auf Entdeckungsreise, am liebsten zum Hafen mit den Kriegsschiffen. Dort standen die hübschen Matrosen in ihren schmucken Uniformen. Dennoch rückte der Krieg unaufhaltsam näher. Gotenhafen wurde bombardiert. Die Stadt brannte. Lieselottes Familie musste mehrere Tage im Luftschutzkeller bleiben. Verwundete Soldaten, notdürftig verbunden, suchten jammernd vor Schmerzen dort ebenfalls Schutz. Es stank nach Blut, Schweiß und Urin. »Achtung, Achtung, eine wichtige Durchsage«, tönte es eines Tages aus einem Lautsprecher: »Im Hafen liegen Schiffe und Boote für die letzte Evakuierung bereit.« In großer Eile packte die Familie ihre Habseligkeiten und machte sich auf den Weg zum Kai. Lieselotte ging zur Schmuckschatulle und ließ die aquamarinblaue Brosche in ihre Manteltasche gleiten.

»Rhett Butler« stand vor ihr und riss sie aus ihren Erinnerungen.

Erschrocken fuhr sie zusammen, als er mit angenehmer Stimme
»Darf ich bitten?« sagte, sich formvollendet verbeugte und sie mit
einem charmanten Lächeln zum Tanzen aufforderte. Lieselotte
erhob sich. Die Kapelle spielte »Das sind die Beine von Dolores,
die Seniores nicht schlafen lässt ...« Sie ließ sich von dem Unbekannten führen und gab sich der Musik hin.

Plötzlich spürte sie, ehe sie es verhindern konnte, wie ihr Strumpfband riss und die Brosche, die ihr als Ersatzknopf diente, auf den Parkettboden kullerte. Ihr Tanzpartner bückte sich, hielt das Schmuckstück zwischen Daumen und Zeigefinger und betrachtete es eingehend. Als sie ihre Hand ausstreckte, zog er Lieselotte mit sich zum Tisch. »Woher haben Sie diese zauberhafte Brosche?«

»Ich habe sie geschenkt bekommen«, log sie, »von meiner Tante Käthe in Berlin.«

Nachdenklich betrachtete der Mann das Schmuckstück und hielt es ins Licht. Der Stein leuchtete glasklar. »Meine Großmutter hatte genau so eine aquamarinblaue Brosche«, sagte er kopfschüttelnd, als könne er nicht fassen, was er sah. »Großvater hat ihr das Kleinod zur Geburt ihrer ersten Tochter geschenkt. Ich könnte schwören, dass es ihre Brosche ist.«

Wie zu sich selbst sprach er weiter: »Nach Großvaters Tod wohnte Großmutter –« Er schwieg. »Sie wohnte viele Jahre bei Onkel Salomo und Tante Sarah. In Gotenhafen.«

Günter Baum
Der erste Einsatz als Pimpf

»Blank, habe ich gesagt! Blitzeblank! – In den Instrumenten muss man sich spiegeln können!« Der Scharführer schrie es mit schneidender Stimme in die Gruppe der Blechbläser. Der Spielmannszug der Hitlerjugend formierte sich vor der Schule, um in wenigen Minuten abmarschbereit durch die Straßen zu ziehen.

Gruppen kleiner Jungen, die weder das Pimpfen- noch das HJ-Alter erreicht hatten, waren bei dieser Gelegenheit immer als neidvolle Gaffer zur Stelle.

Unter ihnen auch Walter. Die Eltern waren umgezogen, und so suchte er sich im Umkreis der neuen Schule auch neue Freunde. Spätestens um neun Uhr sonntagvormittags war es mit der Ruhe der Bürger vorbei. Dann hämmerten die Trommeln und schmetterten die Fanfaren der Spielmannszüge durch die Straßen der Stadt.

Zuerst wurden rhythmisch im Gleichschritt die Trommeln geschlagen, bis dann der Tambourmajor seinen Stab in die Luft warf, worauf die Trompeter ihre Instrumente an den Mund setzten, und erst wenn sich der Stab wieder in der Hand des Tambourmajors befand, war das der Einsatz für die Bläser.

Walter lief immer ein angenehmer Schauer den Rücken herunter, wenn er diesen Drill sah und hörte. Viele der Jungen rannten auf dem Bürgersteig dem Zug hinterher, Walter war da keine Ausnahme. Auch so eine Uniform tragen und dazugehören, das hatte einen Hauch von Elite. Und wer zur Elite gehörte, der musste doch auch gut und nützlich sein und vor allem auch stark.

Die Stärke des Bösen war für ihn das Unverständnis und die Brutalität des Vaters ebenso wie die nicht einschätzbare Bedrohung von außen, wenn er also immer öfter in den Luftschutzkeller musste. Dabei verhedderte er sich in einem Gedankengang – eigentlich mehr in eine Frage, auf die er keine Antwort finden konnte.

Wie war es möglich, dass das Böse, sprich Vater, irgendwo da draußen gegen das Böse kämpfte? Oder waren manche Helden gar keine Helden?

Dann wurde es aber immer schwieriger, Gut und Böse auseinander zu halten.

Die vorgefertigten Antworten ließen einem Kind keinen Spielraum für eigene Gedanken.

Jedenfalls war Walter überzeugt, dass man so viel Zack und Schmiss wie diese Hitlerjugend haben musste, um alles Böse vernichten zu können, und auch nur dort lernen konnte.

Und er war ohne Frage stets bereit, mit Taten und Gedanken das Gute zu verteidigen und nützlich zu sein.

Für ihn konnte also die Zeit nicht schnell genug vergehen, um endlich auch auf der Straße und nicht auf dem Bürgersteig zu marschieren.

Die Auswirkungen des Krieges klopften immer lauter an die Tür.

Fliegeralarm, Luftschutzkeller, Einberufung des Volkssturms, und die Frontsoldaten bekamen keinen Heimaturlaub mehr. Letzteres konnte Walter am besten verschmerzen, denn eine Sehnsucht nach dem Vater hatte nie bestanden.

Doch jetzt, wo alle Reserven mobil gemacht wurden, blieb sogar Walter nicht ungeschoren.

Obwohl er noch nicht ganz das Pimpfenalter erreicht hatte, gelang es einem Hauptscharführer, seine Mutter weichzuklopfen. Er musste sich zum nächsten Appell vor seiner Schule melden. Teils hatte er es ja immer nicht erwarten können, endlich dabei zu sein, teils befiel ihn jetzt doch ein leichter Schreck, als es so weit war.

Mit der ersehnten Uniform ging das nicht so reibungslos. Vorerst gab es nur eine Hose für ihn. Dafür durfte er aber gleich bei den nächsten Fahrtenspielen teilnehmen.

Nun marschierte er also doch auf der Straße – wenn auch im letzten Glied.

Warum er von seinen Schulkameraden kaum jemand hier antraf und auch Lothar nicht geholt wurde, beschäftigte ihn jedoch nicht über Gebühr, denn schließlich empfand er seine Zugehörigkeit als eine Auszeichnung.

Die Mütter der anderen Jungen hatten wahrscheinlich bessere

Beziehungen und Möglichkeiten, sich und ihre Söhne vor solchen »Auszeichnungen« zu schützen.

Doch schon der erste aktive Tag bescherte Walter einen Dämpfer der Begeisterung. Der Zug der HJ-ler und Pimpfe machte vor der Stadt an einem Wald- und Wiesengelände Halt. Hier erklärte der Zugführer die Spielregeln eines sogenannten »Kampfspiels«. Zwei Parteien wurden bestimmt, die sich nur dadurch unterschieden, dass die eine Hälfte der Jungen eine weiße Armbinde zu tragen hatte. Diesen Jungen wurden im Gelände bestimmte Posten zugeteilt, während man die anderen scharf machte, diese Posten mit allen Mitteln zu durchbrechen, was die Bindenträger ebenfalls mit allen Mitteln verhindern sollten.

So hatte es sich Walter nicht vorgestellt. Hier schmetterten keine Fanfaren und schlugen keine Trommeln. Hier wurde er zum Faustrecht animiert.

Es galt zuerst jede Deckung des Geländes auszunutzen, um, so nahe es ging, erst einmal an den »Gegner« heranzukommen.

Als Walter die ersten Schreie der »Feindberührung« vernahm, befand er sich gerade oberhalb einer deckungslosen Böschung. Als Neuling und noch dazu aufrecht stehend, war er für den plötzlich auftauchenden Gegner eine willkommene Beute.

Der Bindenträger packte ihn am Arm und schleuderte ihn den Hang hinunter. Walter konnte sein Tempo nicht bremsen, aber er wollte auch nicht stürzen, deshalb streckte er schützend seinen linken Arm dem einzigen Baum entgegen, der am Fuße des Hanges stand und auf den er wie ein Geschoss zuflog.

Er knallte dagegen, stürzte und hatte ein taubes Gefühl im Arm. Der Schmerz setzte erst ein, als er sich beim Aufrichten stützen wollte. Ein höllischer Schmerz! Von irgendwo hörte er Tumult, aber das war ihm egal.

Das ganze Spiel war ihm jetzt egal, denn er glaubte, sich den Arm gebrochen zu haben. Bewegen ließ er sich kaum, und wenn er es nur versuchte, gab es diesen furchtbaren Schmerz.

Es erwies sich auch als unmöglich, den linken Arm nur herabhängen zu lassen.

Schließlich hielt er den Unterarm mit der rechten Hand behutsam nach oben. So war es gerade noch auszuhalten.

Wie sich die anderen zusammengerauft hatten und ob er zu

den Verlierern oder Siegern gehörte, bekam Walter gar nicht mit. Er wurde am Ende des Spiels als Opfer »eingesammelt«. Schlussappell: in Reih und Glied. Alles stand stramm. Nur Walter fiel auf, da er seinen Arm in der Beuge halten musste. Der Zugführer pflanzte sich vor ihm auf.
»Was haben wir denn hier für einen Opa?«
»Ich habe ...«
Der Zugführer sah rot. »Mensch, nimm Haltung an!«
Trotz stieg in Walter hoch, denn der, der da vor ihm stand, hätte auch sein Vater sein können. So nahm er allen Mut zusammen und schrie zurück: »Ich kann nicht! Ich habe mir den Arm gebrochen!«
Dem Zugführer traten förmlich die Augen vor. »Wer hat uns denn diese Memme ins Nest gelegt? Stößt sich am Arm und fängt das Weinen an! – Ich kann den Sauhaufen nicht mehr sehen! – Wegtreten!«
Der Zug löste sich auf.

Eine Bombe im Treppenhaus

Seit es auch schon am Tage Fliegeralarm gab, war es mit dem unbeschwerten Spielen endgültig vorbei. Überhaupt wurden die Menschen immer gereizter und verbitterter. Von der Front kam keine Post mehr, und Walter konnte seine Mutter des Öfteren weinen sehen.

Während Goebbels im Radio noch behauptete, »mit einem solchen Volke muss man siegen«, bereiteten viele in der Stadt schon ihre Flucht vor.

Auch die Bergers wollten nicht bleiben, denn es hatte sich herumgesprochen, dass es das Schlimmste sein musste, den Russen in die Hände zu fallen.

Die vergewaltigten jede Frau und nagelten sie dann mit der Zunge an den Tisch – so hieß es. Die Häuser, die noch standen, würden geplündert und dann angezündet – so hieß es.

Als das letzte Bollwerk gegen den Kommunismus, die von Panzergrenadieren, SS-Einheiten und Volkssturm eilig ausgehobenen Stellungen rund um Breslau überrollt worden war, wurde es ernst.

Walters Mutter hatte aus Decken richtige Seesäcke zusammengenäht, damit möglichst viel mitgenommen werden konnte. Bei einem Probeschultern rissen allerdings die Haltegurte, und der Zeitpunkt für den Weg nach Westen war noch einmal aufgeschoben.

Doch dann kam es zu einem Zwischenfall, der kein Zaudern mehr zuließ.

Die Stadt Görlitz war ja, verglichen mit anderen Großstädten des geschrumpften Reiches, bisher von einer Zerstörung weitgehend verschont geblieben. Einige wenige Notabwürfe von Bomben, aber kein richtiger Angriff. Nur glaubte niemand, dass man diese Stadt im Krieg »vergessen« würde. Und darauf warten, bis sie an die Reihe käme, wollte aber auch keiner, und so leerten sich die Häuser von Tag zu Tag. Manche Straßenzüge erinnerten schon an eine Geisterstadt. Wer jetzt noch hier war, der hatte sein Gepäck griffbereit.

Walter wollte sich an diesem Tag nur von seinem Freund Lothar verabschieden, der mit seiner Mutter ebenfalls reisefertig auf dem Sprung stand.

Wie immer rutschte Walter mit dem Bauch auf dem Treppengeländer nach unten, das ging schneller. Aufpassen musste man bei dieser Art der Fortbewegung in der Kehre jedes halben Stockwerks, dass man zeitig genug absprang.

Aber für Walter war das alles längst zur Routine geworden.

Kurz vor dem ersten Abspringen sah er durch das Flurfenster plötzlich die bullige, runde Schnauze einer russischen MIG, dann eine helle Rauchwand – und dann nichts mehr.

Erst als er das Gesicht seiner Mutter über sich erblickte, wurde ihm bewusst, dass er längelang auf dem Steinboden vor dem Flurfenster lag.

»Gott sei Dank, mein Junge, dir ist nichts passiert!«

Beiden steckte natürlich ein Mordsschreck in den Gliedern. Frau Berger hatte einen Knall gehört und das Entfernen eines Flugzeugs. Und sie wusste, dass ihr Sohn gerade erst zur Tür hinausgegangen sein musste. Als sie daraufhin nach draußen gestürzt war, hatte sie Walter vor dem Flurfenster liegen sehen. Das Aufschlagen seiner Augen war für sie eine Erlösung. Ein bisschen Glück war schon dabei, denn knapp zwei Meter unterhalb des Flurfensters war das Geschoss der MIG in eine Veranda eingeschlagen und hatte ein straußeneigroßes Loch hinterlassen. Für die Bergers war es der Startschuss zur Flucht.

Ellen Braun
Tonband-Interview mit Hella B.: Kriegsende 1945 in Nürnberg

ELLEN: Woran denkst du, wenn du dich ans Kriegsende 1945 erinnerst?
HELLA: Dass endlich der Krieg vorbei war und keine Bomben mehr gefallen sind ...
ELLEN: Kannst du dich an die Kapitulation erinnern, als Nürnberg eingenommen wurde?
HELLA: Auf der Straße sind einem schon die Amiautos entgegengekommen, da haben wir die ersten Neger[1] gesehen... Am Herschelplatz, wo das Herschelschulhaus ist. Das war ja zum Teil zerstört ... Manche haben natürlich dann gleich Schokolade gekriegt ... Meine Brüder werden schon rausgerannt sein, aber meine Mama und ich nicht. Mein Papa war nicht da, der ist ein halbes Jahr zuvor noch eingezogen worden.
ELLEN: Und wie war das zu diesem Zeitpunkt ... Habt ihr beide, du und deine Mutter, da noch arbeiten können oder war die Fabrik schon zerstört?
HELLA: Die ist 1943 zerstört worden. (Gemeint ist die Pfeifenfirma Vauen.) ... Ich war danach in der Zündapp.
ELLEN: Ach, du warst in der Zündapp und deine Mutter war zu Hause ... weil sie noch ihre drei jüngeren Kinder gehabt hat.
HELLA: Nein, die ist zurückgestellt worden, weil sie nervlich recht kaputt war.
ELLEN: Wie alt waren deine drei jüngeren Geschwister damals?
HELLA: Einer ist 1929 geboren, einer 1930 und einer 1933 und sie waren alle noch daheim. Und wir haben ja noch nicht gewusst, dass mein großer Bruder gefallen ist, Ende 1944 mit neunzehn. Wir haben immer gemeint: Der kommt wieder. Bis 1946. In

---

[1] Der Ausdruck Neger galt damals noch nicht als abfällig oder Schimpfwort. Er wurde für Menschen mit dunkler Haut und afrikanischer Abstammung sowohl im Deutschen als auch in der englischen Sprache als »Negroes« verwendet. So gab es beispielsweise »Negroe Spirituals«.

keinem Laden hat's mehr was gegeben und da war sie abends fertig ... ich hab schon am Tag manchmal etwas eingekauft deswegen. Damals hat man bloß sechs Wochen Arbeitslosenunterstützung gekriegt ...
ELLEN: Wie erging es den Verwandten?
HELLA: Die sind alle im Januar 1945, als der große Angriff auf Nürnberg war, ausgebombt worden. Sie waren, genau wie meine Eltern, einfache Arbeiter, hatten mehrere Kinder und wohnten in kleinen Mietwohnungen in den vierstöckigen Häusern, die an der Eisenbahnstrecke nach Fürth gestanden haben. *An den Rampen* heißt die Straße noch heute.
ELLEN: Aber wo sind sie dann alle untergebracht worden, diese Ausgebombten?
HELLA: Erst im Bunker und dann auf dem Land ... Und sind erst 1947 wieder zurückgekommen.
ELLEN: Nach dem Krieg gab es doch noch Nazis. Wie haben die reagiert?
HELLA: Der mit seinen Reitstiefeln und seiner braunen Uniform ... Den haben wir danach nicht mehr gesehen, aber dem ist nichts passiert. Der ist halt abgehauen. Ich hab ihn nie mehr gesehen.
ELLEN: In euer Haus, das von Bomben verschont war, sind dann doch Amis eingezogen. Und wo seid ihr dann hin?
HELLA: Wir haben in die Wohnungen hineingedurft, deren Bewohner aufs Land gefahren sind. Die haben beim Verwalter die Schlüssel abgeben müssen.
ELLEN: Und wie war das mit der Lebensmittelversorgung?
HELLA: Dafür hast du dich anstellen müssen. Wenn du einen Bäcker gehabt hast, bei dem dreißig Leute vor dir waren, und wenn du dran warst, hat es nichts mehr gegeben, dann hast du dir einen anderen suchen müssen ... Bis nach Fürth bin ich manchmal gegangen, da fuhr keine Straßenbahn und nichts. Und Fürth war nicht so ausgebombt wie Nürnberg ... Das Brot hat ja sowieso nie gelangt.
ELLEN: Und dann in der Zündapp ... Was hast du da während des Krieges gemacht?
HELLA: Munition geprüft. Da ist man vereidigt worden ... Wenn Fliegeralarm war und alles kaputt und keine Straßenbahn gefahren, sind wir alles gelaufen. Manchmal bin ich auch mit dem Fahrrad gefahren ... Eine Dreiviertelstunde. Und dann hat

es keine Schuhe gegeben. Da hast du dir von Fahrradmänteln Absätze drauf genagelt.

ELLEN: Als der Krieg 1939 ausgebrochen ist, weißt du noch, wie du das erfahren hast und was du da gedacht hast?

HELLA: Na, eine Freude werde ich nicht gehabt haben, das weiß ich, aber manche Kinder haben sich ja gefreut ... Na, auf jeden Fall die Buben. Mein Hansel ist auch von der Schule heimgekommen und hat gesagt: Krieg ist. Und sechs Jahre drauf war er tot. Und das Schlimmste, als unser Hansel gefallen ist oder vermisst war, haben manche Leute gesagt: Sie haben ja noch drei!

ELLEN: War es auf deinem Weg nach Fürth, als du einem Tieffliegerangriff entkommen bist?

HELLA: Ja, 1945, in den letzten Wochen. Da habe ich in Fürth Brot holen wollen, mit dem Fahrrad. Und auf der Höhe vom Nürnberger Gerichtsgebäude ist ein Tiefflieger gekommen und hat mich und einen Mann beschossen ... Zack, zack, zack, zack, jawohl. Da haben wir zwei unsere Räder sofort hingeschmissen und sind zum Gerichtsgebäude gerannt. Und dann ist die Maschine weitergeflogen ... Genau wie sie es bei den Bauern gemacht haben. Wenn die am Feld waren.

ELLEN: Später bist du doch einmal aus dem Fenster gesprungen?

HELLA: Nach der Kapitulation sind die Wohnungen angeschaut worden, wie viele Soldaten jede Familie hätte aufnehmen können ... Da sind zwei amerikanische Soldaten zu uns gekommen und haben alles aufschreiben müssen. Der eine ist mit meiner Mama in ein Zimmer gegangen und ich hab mit dem anderen ins andere Zimmer gemusst. Und dann hat der plötzlich die Tür zugesperrt ... Da hab ich ganz schnell ein Fenster aufgemacht – wir haben im Parterre gewohnt – und bin hinausgesprungen. Von gegenüber haben mir dabei zwei Familien zugeschaut. Und eine Frau hat später öfters zu mir gesagt: »Dass du dich das getraut hast!«

Kleine Leute nach einem großen Krieg

Über die Kriegs- und Nachkriegszeit habe ich von der älteren Generation erfahren. Obwohl ich diese Zeit nicht erlebt habe, hat sie mich geprägt. Die meisten meiner Verwandten hatten durch den Krieg kaum etwas von ihrem ohnehin geringen materiellen Besitz verloren. Als angelernte Arbeiter wohnten sie nur zur Miete und besaßen lediglich etwas Kleidung, Wäsche, Hausrat und Möbel. Unser Dorf Gaustadt war von Bombenangriffen weitgehend verschont geblieben, wie auch das angrenzende Bamberg. Letzteres war Garnisonsstadt, in der viele Soldaten, meist aus Sachsen und Wien, stationiert waren. Meine Mutter erzählte von Flugblättern, die die US-Armee kurz vor ihrem Einmarsch über der Stadt abwerfen ließ: »Bamberg wollen wir schonen, in Bamberg wollen wir wohnen!« Sie erinnerte sich auch an die Aussage des Bamberger Nazifunktionärs Zahneisen aus derselben Zeit: »Das Blut muss den Kaulberg runterfließen!« Der Kaulberg ist einer von sieben Hügeln, auf denen Bamberg errichtet worden ist. Deshalb wird Bamberg das »fränkische Rom« genannt.

Der Zweite Weltkrieg brachte der Familie meiner Mutter tiefes Leid. Meine Großeltern Regina und August verloren Hans, das älteste ihrer drei Kinder. Er fiel am 20. Juni 1944 bei der Invasion der alliierten Truppen in der Normandie. Hans hatte die Sticheleien seiner Arbeitskollegen nicht mehr ausgehalten, die ihm dauernd eingeredet hatten: »Du junger starker Kerl, du kannst doch in den Krieg ziehen!« Er meldete sich schließlich freiwillig an die Front. Er hinterließ Frau und einen Sohn.

Meine robuste Oma Regina geriet in beiden Weltkriegen in eine so schlechte körperliche Verfassung, dass sie sogar mehrmals Zusatzrationen an Butter und Fett bekam. »Sie war damals nur noch Haut und Knochen«, erzählte meine Mutter.

Großmutter hatte schon den Ersten Weltkriegs erlebt: »Aus unserem Brot hat das Stroh herausgeschaut. Aber wir haben es trotzdem gegessen. Wir hatten ja nichts anderes.«

Die Ernährungslage wurde im Laufe des Zweiten Weltkriegs und unmittelbar danach immer schlechter. Meine Mutter konnte von zu Hause als einzige Mahlzeit für ihre körperlich anstrengende Tätigkeit als Arbeiterin in der Metall- und Elektrofabrik Bosch oft nur einige gekochte Kartoffeln mitnehmen. »Die hab ich dann immer mit den Schalen verschlungen!«
Nach Kriegsende wurden die Lebensmittelrationen, die nur auf Marken erhältlich waren, noch schmaler. Meine Mutter und ihre Schwester Babett fuhren deshalb gemeinsam zum Hamstern: Sie versuchten bei Bauersleuten und auf deren Feldern Gemüse, Getreide und Früchte aufzutreiben und anschließend auf ihren Fahrrädern nach Hause zu schaffen. »Mehr als einmal war dabei ein Bauer mit seiner Mistgabel hinter uns her!«, erzählte meine Mutter. Babetts Mann Leonhard war ab Kriegsbeginn Soldat und geriet zu Kriegsende in amerikanische Gefangenschaft. Auf seinem Hochzeitsfoto von 1934 ist er ein pausbäckiger, vollschlanker Endzwanziger. Ein kurz nach 1945 aufgenommenes Bild zeigt einen abgemagerten, fünfzehn Jahre älter wirkenden Mann mit zwei schlanken Söhnen und einer mageren Ehefrau.

Das Kriegsende brachte meiner Mutter einen Arbeitsplatzwechsel. Jahrelang war sie täglich mit dem Fahrrad zu den Boschwerken nach Bamberg gefahren. Doch in den letzten Kriegswochen wurden, als Verteidigungsmaßnahme Bambergs gegen die heranziehende US-Armee, fast alle Brücken gesprengt. »Da hätte ich dann einen noch viel weiteren Weg mit dem Rad gehabt.«

Und noch etwas Neues sollte ihr der Krieg bringen: meinen Vater. Er hatte um 1945 seine Heimat Griechenland verlassen. »Da wäre er sofort verhaftet worden«, versicherte meine Mutter. Den Grund dafür nannte sie nicht. Im griechischen Bürgerkrieg mussten damals viele Menschen Griechenland verlassen.

Der Krieg hatte auch bei ihm Spuren hinterlassen. Er sagte meiner Mutter mehrmals voller Wut: »Wenn mir je einer sagt, dass er bei der SS war, dann steche ich ihn auf der Stelle nieder! Die haben sich bei uns in Griechenland fürchterlich benommen! Unsere Leute sind massenweise verhungert und die SS-Leute haben LKW-Ladungen mit Brot und Orangen ins Meer gekippt. Und jeden erschossen, der sich auch nur eine Orange genommen hat!« Einen ganzen Abend lang stand meine Mutter schreckliche Angst aus, als sie mit meinem Vater ein Tanzlokal in Bamberg besuchte. Denn sie wusste: Einer der anwesenden Männer war ehemaliges Mitglied der Waffen-SS. Als nun genau dieser, durch Alkohol angeregt, immer mitteilsamer wurde, befürchtete sie, er könne etwas von seiner dunklen Vergangenheit erzählen. Und dass mein Vater sich daraufhin mit seinem feststehenden Messer, das er immer bei sich trug, sofort auf ihn stürzen würde. Doch der angeheiterte, ehemalige Waffen-SS-Mann verlor kein einziges Wort über seine Zeit in dieser Organisation. »Vor lauter Angst habe ich an dem Abend regelrecht Blut und Wasser geschwitzt«, berichtete mir Mutter Jahre später.

Auch unserem katholisch geprägten Dorf Gaustadt brachte die Nachkriegszeit große Umwälzungen. Durch den Zuzug von über 700 Flüchtlingen stieg die Bevölkerung stark an. Die meisten der Zugewanderten waren evangelisch und bald wurde eine eigene Kirche für sie gebaut. Es entstanden mehrere, überwiegend von Flüchtlingen bewohnte Neubausiedlungen. Bei der grassierenden Wohnungsnot rief dies häufig Neid hervor. Die Flüchtlinge stießen auf zwiespältige Gefühle bei den Alteingesessenen. Einerseits versuchte man, sie möglichst bald zu integrieren, andererseits gab es böse Bemerkungen wie etwa: »HB, die Flüchtlingszigarette: Hier bin ich, hier bleib ich!«

Meine Tante Babett war äußerst erbost über einen Flüchtling, dem sie die Schuld an der Entlassung ihres jüngsten Sohnes gab. Hans, ihr verhätschelter Lieblingssohn, arbeitete in der Textilfabrik am Ort und bekam dort während der Arbeitszeit mit einem anderen Mann Streit, der schließlich zu einer Rauferei führte. »Den Flüchtling haben sie damals behalten, aber meinen Hansi haben sie entlassen«, klagte Babett noch Jahre danach. Ich kannte meinen Cousin als ziemlich ungehobelten, lauten und frechen Kerl, Herrn K., den Flüchtling, als ruhigen, höflichen Mann. Er war Meister in der Fabrik, Hans ungelernter Arbeiter!

Es kamen damals verschiedene Ursachen zusammen, die Neid und Missgunst hervorriefen: der verlorene Krieg mit seinen negativen Folgen.

Als Objekte, auf die man neidisch werden konnte, boten sich den Einheimischen die Flüchtlinge an. Diese hatten jedoch auch erhebliche Anpassungs- und Integrationsprobleme, trauerten ihrer verlorenen Heimat nach. Menschen wie mein Vater, die schlechte Erfahrungen mit Deutschen gemacht hatten, lebten zwar hier, konnten aber ihre Erlebnisse lange nicht vergessen oder verarbeiten.

Die später thematisierte »Unfähigkeit zu trauern« ergab sich aus den Anforderungen und Wünschen, sobald wie möglich wieder ein »normales« Leben führen zu können und daher den Alltag reibungslos, ohne gründlich darüber nachzudenken, hinter sich zu bringen. Erinnerungen und Gefühle stiegen erst Jahre und Jahrzehnte später auf. Die Debatten um Günter Grass, seine jetzt erst eingestandene Mitgliedschaft in der Waffen-SS und das militärische Engagement der Bundeswehr im Nahen Osten beweisen: Die Vergangenheit ist nicht tot! Wir müssen mit ihr leben!

Wolfgang Buhl
Das Schiff

Die großen Ferien fünfunddreißig. Die Nacht zog über Arendsee als mattes Dunkel auf, aus dem allein die Lichter des Kreuzers *Leipzig* leuchteten, der draußen auf der Reede lag, aus seinen Bullaugen funkelnd wie ein vieläugiges Monster. Das Meer war glatt wie ein Tisch.

Familie Schrott hatte ihr Ferienquartier an der Ostsee bezogen. Else dachte an zu Hause, an Zwickau, wo die Frauen der Ortsgruppe Nord bei ihr im Sommer regelmäßig Gäste waren, obwohl sie sich bis zuletzt standhaft geweigert hatte, Parteimitglied zu werden, weil Politik nun einmal reine Männersache sei. »Das Reich der Frau ist die Küche«, sagte sie oft und ließ manchmal sogar in der Öffentlichkeit ihre spöttische Ader platzen: »Heim ins Reich!«, rief sie dann, wenn sie aus geselligem Kreis an den Herd flüchtete.

Die Erdbeertage in diesem herrlichen Juli waren wie Schmetterlinge. Zwischen ihren roten Morgen und ihren roten Abenden spannten sie die Schuppen ihres blauen Himmels über ein blaues Meer, das groß und endlos war bis zum Horizont, den ab und zu Schiffe zerschnitten. Die See vor Arendsee, sie war ihr die größte Beruhigung, die sie bisher erfahren hatte, einfach durchs Dortsein, durch keine andere Herausforderung, als unter ihrem blauen Himmel zu liegen, der sich täglich am Mittag rot färbte, wenn der Trumpfbomber erschien, aber was heißt hier erschien: Er inszenierte seine Erscheinung.

Schon sein Anflug war ein Spektakel. Noch wenn er kaum zu hören war, nur vor sich hinflüsterte, weit weit weg, ungefähr überm Leuchtturm von Bastorf, über dessen rotweißer Laterne er auftauchte als roter Doppelpunkt in dieser endlosen Himmelsblaumilch, geriet der Strand in Bewegung. Da kribbelkrabbelte es aus allen Körben und Burgen, da bekamen die Mattgesonnten plötzlich Beine und Arme, die Auf-den-Rücken-Gestreckten riss es hoch, die Bauchlieger herum aufs Kreuz, und alle Zeigefinger zeigten, was in ihnen steckt, wenn sie was zu zeigen haben, und alle Kinder rannten, wie sie noch nie gerannt waren, flitzten und sausten aus ihren Sandwannen und Wühlkuhlen wie angestochen und winkten und schrien, als falle der Führer vom Himmel, aber es waren nur Fallschirme, weiße handballenkleine Windhütchen, an denen Schokolade zappelte, Pralinensäckchen und Praletten, die in die aufgerissenen Hände und Mäuler schwebten, ein kleines Stück Küste zum Schlaraffenland machten, das der knatternde rote Doppeldecker aussäte, von seinen Tragflächen schrie es TRUMPF, und von seinem Rumpf schrie es TRUMPF in weißen Großbuchstaben, und wenn er zum Abschied einen Looping schlug oder sogar Männchen machte, fielen am Ende der Vorstellung noch einmal bunte Bonbonwolken aus den Taschen wie Konfettigestöber.

Weit draußen nämlich, hoch, ganz weit oben über der *Leipzig,* mehrere Tausend Meter über ihr, so wenigstens kam es denen vor, die kein Fernglas hatten, zog ein anderes Flugzeug seine Bahn, regelmäßig wie auf einem Laufband, von Buk nach Warnemünde hinüber und wieder zurück, das einen winzigen Gegenstand hinter sich herschleppte, mit bloßem Auge kaum zu erkennen, etwas Ähnliches wie einen großen, sehr schlanken Windsack, dessem Flattern man gleichwohl anmerkte, welchen Widerstand er seiner Vorwärtsbewegung entgegensetzte, und um ihn herum platzten kleine grauschwarze Wolkenschrapnells, barsten wie Fäuste aus heiterem Himmel heraus, sprangen wie Dunstbälle um den Windsack herum, stumm, ohne Stimme zunächst, aber während sie verflogen, sich flugs auflösten in Rauch, war der Knall zu hören, der sie ausgespuckt hatte, das Plop der Flak weit drüben an der *Warnow,* und, einen Blitz voraus, das kurzgebelferte Plap der *Leipzig,* die aus allen Knopflöchern ballerte, bis ihre Zielscheibe im Dunst verschwand und die Löcher gezählt wurden während der Zwischenlandung, ehe sie erneut auftauchte, wie aufgezogen immer weiter oben erschien, immer wieder und immer höher, bis ein Volltreffer die Leine zerfetzte und der Sack wie ein abgeschossener Schwanz heruntertrudelte, wo der Himmel mit dem Meer zusammengeheftet war.

»Fabelhaft, wie die schießen«, sagte Fritz.

»Die schießen dir sogar eine Mücke vom Zahn. – Konnten die auch so gut schießen?«, fragte Manuel und zeigte auf die beiden Kanonenrohre der Kogge im Schaufenster der Kurverwaltung, wo die Preise zum großen Sandburgen-Wettbewerb ausgestellt waren. Das Schiff stach ihm in die Augen. Er war sofort verliebt. Steif blähten sich seine Segel an den drei Masten unter der rot-weißen Hanseflagge, an der Fock das Vormarslee mit gelb-schwarzem Wappen, aus dem Großbaum ein weiß-roter Schild mit zwei roten Balken im Weiß, deren Bedeutung selbst Vater nicht kannte, und ein keck gekreuzter Besan überm gewaltigen Heckruder, das dem Schiff unterm Kiel Halt gab in einem Holzständer, ebenso schlicht wie grob, aber es war trotzdem ein stolzes Schiff, ein Dreimaster wie aus dem Bilderbuch, der Manuels Bootchen weit in den Schatten stellte, die seine Flotte auf Schäfers Teich waren, aus Kiefernrinde geschnitzt, mit Wikingersegeln aus Elses Stoffresten über den Ruderflossen, aber schon bei leichtem Wind führten sie einen Eiertanz auf, und wenn sich kein Lüftchen regte, blieben sie liegen wie festgeleimt.

»Da hol sie dir doch, wenn sie dir so gefällt«, sagte Fritz. Er hatte Manuel fest im Blick und sah genau, wie er nach der Kogge gierte, sie war geradezu raffiniert postiert im Mittelpunkt der mehr als zwanzig Preise: ein riesiger Wasserball im Vordergrund mit zitronenschnitzförmig angeordneten Farben, als weithin leuchtende Boje zu benutzen, wenn man weiter hinausschwamm, als es Herrn Langschwagers Warnpfiff erlaubte; eine Thermosflasche und ein Picknickbesteck im Etui, ein Maximum-Minimum-Reisethermometer, ein Fahrtenmesser mit besonders ausgeprägter Blutrille, das neueste Vergrößerungsglas von Zeiss mit abschraubbarem Stiel, natürlich der kostenlose Bezug eines Strandkorbes für eine ganze Ferienlänge im nächsten Jahr. Ein Schild wies darauf hin, dass alle Sieger des Sandburgen-Wettbewerbs die freie Auswahl unter den Trophäen genössen. Fritz sagte: »Also greif doch zu, mach was draus, bau eine Burg, mein Sohn. Und weißt du, wie Manuel seine Burg nennen wird, die er für den Wettbewerb baut?« Elsa sah ihn erwartungsvoll an.

»Wirb für deine Heimat«, sagte er. »In die Mitte setzen wir das Stadtwappen, also zwei Mal drei Türme und die zwei Mal drei Schwäne, schön über Kreuz. Links vom Wappen: 800 Jahre. Und rechts: Zwickau in Sachsen. Hüben und drüben von Eisen und Schlägel begrenzt: Wirb für deine Heimat! Das Motto wird der Kommission das Herz brechen!«

»Das Hakenkreuz musst du noch kaufen«, sagte Elsa.

Am nächsten Morgen waren sie schon früh am Strand. Elsa suchte schwarze Kiesel und hortete sie in ihrer Bademütze, und weiße Jakobsmuscheln, die Manuel zum Auslegen der Schwäne brauchte im Zwickauer Wappen, während Fritz und Manuel eifrig an der Sandburg bauten. Sie war sichtlich gewachsen, reichte dem Kleenen schon bis an die Ohren, als Else ihre erste Ladung absetzte, der Regen begann und sie sich in den Korb zurückzogen, alle drei dicht an dicht gekuschelt, als wären sie eins, was sie ja auch einmal waren, aber wie lange noch, reichlich vier Jahre, mehr nicht, bis sie der Krieg nehmen wird mit Haut und Haar. Als sie fertig waren, lobte Fritz seinen Sprössling: »Das hast du gut gemacht.« Und nach einer Pause, indem er ihm die Hand auf die Schulter legte: »Weh dem, der keine Heimat hat!« Er drückte Manuels Kopf gegen seinen Oberschenkel, der stämmig und braun aus dem eisblauen Badeanzug fuhr, und ergänzte: »So endet Nietzsches Gedicht ›Vereinsamt‹. Zu Recht, mein Sohn, zu Recht.«

Der Sonntag, an dem die Entscheidung fiel, war strahlend, wie es einem Sonntag gebührt. Der Himmel war blankes Blau, die Sonne gleißendes Gelb, das Meer, fast wie ein Spiegel, blinkte sein Blau ins Blaue zurück und der Sand sein Gelb in die Sonne. An der Spitze der Juroren, vom Hut bis zu den Schuhen ganz in Weiß, zeigte sich der Direktor der Kurverwaltung absolut als Herr der großen Stunde. In rastloser Hast war er völlig in Bewegung aufgelöst, in Fuchteln und Deuten, Löcher und Satzzeichen in die Luft zu bohren, in Fragen und Ausrufen an den Himmel, überhaupt war er von Vermessungsheinis umschwirrt, zwei Fotografen, die wie die Wilden klickten, von einem amtlichen Kunstrichter, neben dem eine Blondine mit schwerem Busen und Gretchenfrisur unentwegt Notizen machte, während der Dritte im Bunde seinen Bauch rausberzte. »Einen wunderschönen guten Morgen«, sagte die Kugel, »und Heil Hitler allerseits!«

»Heil Hitler, Kamerad Parteigenosse«, sagte Fritz, aber er sah, dass die Kugel nur Elsa ansah, und sie sah nur ihren Fritz an, und der sah, dass sie schluckte und ihr das Wort im Halse stecken blieb, wie ihr Blick ihrem Willen entglitt und sich in die Hakenkreuzbinde des Dicken verbiss, in das knallige, bellende Rot, dem sie zum ersten Mal in der brüllenden Schlagzeile begegnet war, kaum mehr als zwei Jahre dürfte es her sein, die vor dem Schaukasten des Tageblatts gestaute Menge staunen sah, staunen und störrisch die Köpfe zusammenstecken, immer wenn Geschichte stattfindet, stehen Männer vor Meldungen und murmeln. Der Reichstag brennt Ausrufungszeichen ... An vielen Stellen Feuer gelegt ... Ein holländischer Kommunist als Täter verhaftet ... Der Plenarsaal vernichtet ... Und später feuerte Fritz das Blatt in die Ecke und sagte: »Diese Schweine.«

Doch hier am Strand von Arendsee erzwang der Dicke förmlich Elsas Gegengruß zu seinem »Heil Hitler allerseits.« Aber Elsa hatte noch nie »Heil Hitler« gesagt. Sie hatte zu keiner Zeit anders die Rechte erhoben, als um ihr Haar zu ordnen, Staub zu jagen oder ihren Fritz zu umarmen. Und überhaupt: In die Vertrautheit eines Grußes zwischen zwei Menschen sollte sich nun ein Dritter einmischen, sie mochte das nicht einsehen, auch wenn sie nichts gegen ihn hatte, dazu stand er zu oft in der Zeitung, durch die Bank rühmend, und vieles konnte sie ja durchaus bejahen, nicht nur weil Fritz von ihm abhängig, sondern weil es einfach vernünftig war, der Eintopfsonntag zum Beispiel, aber welch einsichtigen Grund gab es, dauernd den Namen des Erfinders dieser Regeln einander entgegenzuschreien, zumal man im Badeanzug, umtanzt vom unentwegt schwirrenden roten Irrlicht am herausfordernden Hakenkreuzarm des Dicken, dass sie beim besten Willen nichts Eiligeres hervorzuwürgen wusste als einen Sprachbrei aus e plus i in einem Zuge, und leer laufendem ler, das wie erdrosselt klang. Jetzt aber scheiterte obendrein ihr rechter Arm kläglich in dem Versuch, die vorgeschriebene Grußhöhe zu erreichen, vielmehr blieb er auf Brustkurs hängen, winkelte im Ellenbogen nach innen ab und stoppte die nach vorn brettflache Hand in Augenhöhe mit einem Ruck.

»Schön, schön«, rief die Kugel immer wieder, als die Kommission bei Manuels Sandburg angekommen war. »Ein stolzes Stück. Steine stramm gestaffelt.« Und laut las er: »Glück auf!« Und: »Weh dem, der keine Heimat hat!«

»Nietzsche«, platzte Manuel ihm vor die Stockings, und nach wirksamer Pause wie aus der Pistole: »Vereinsamt!« Dem Dicken gerann die Bewegung. Starr stand er wie eine Salzsäule mit Hut. Auch die Neugierigen waren still. Er schnippte seine weiße Kreissäge ins Genick, dass die Schweißtropfen stoben: »Was ist dein Vater?«, rief er.

»Der da«, sagte Manuel und zeigte auf Fritz.

»Nicht wer er ist«, sagte Seine Bleichheit, wie Elsa im selben Moment beschloss ihn zu nennen, »sondern was er ist.«

»Lehrer«, sagte Manuel. Der Dicke sprang auf Fritz zu und schüttelte ihm die Hand: »Herr Kollega, ich hab's gewusst, Herr Kollega, das kann nur einer von uns, das fällt nur einem deutschen Lehrer ... Also bis heute Abend, Kollega.«

»Wo ist Elsa?«, rief Fritz. Doch sie meldete sich schon aus dem Flachwasser, sie habe sich einfach waschen müssen, um den Blick des Dicken abzuspülen – und ob ihnen das nicht geschadet habe, dass sie ..., »aber weißt du«, sagte sie dann, »ich kann den Führer nicht, was hatte ich denn an, das war doch fast nichts, ich kann den Führer doch nich nackig, also ich habe mich so geschämt.«

Auf jeden Fall zündete sich Fritz vor der Preisverteilung eine Salem an, und Elsa wusste: Er ist genauso aufgeregt wie ich.

Die Trophäen waren um den historischen Strandkorb von Wilhelm Bartelmann gruppiert, der auf einem Podest unter dem blassblauen Hängeprospekt stand, auf dem eine Blondine mit Bubikopf das Heilklima des Ortes gegen Bronchitis und alle Tücken des Stoffwechsels empfahl. Elsa hätte ums Haar Manuels Aufruf verpasst, als Dritter wurde er genannt, unter mehr als zwanzig Erwachsenen, und der Blasse stieß auch besonders spitz in sein Horn, als er kundtat, dass ein Zehnjähriger damit den ersten Preis für Kinder erkämpft habe. Manuel stürmte nach vorn, dass der Kragen seines Matrosenanzügleins waagrecht stand, die Mützenbänder *SMS Seydlitz* seine Ohren umstoben wie Mörikes blaue Frühlingsschleifen, grapschte nach dem Schiff auf der Säule, holte es herab mit einem Schnapp und presste es an sich, und dann trug er's vor sich her, unter dem Beifall der Neugierigen und sogar der Neider, trug er's auf beiden Händen wie eine Hostie hin zu seiner heiligen Elsa, und wäre ihm Lohengrin schon bekannt gewesen, er hätte bestimmt einen Schwan genommen, um schneller bei ihr zu sein. Hastunichgesehn aus der Tür, und schon lag er auf der Schnauze, schrie wie am Spieß, aber sein Schiff hielt er hoch, stemmte es steil in die Stelling, aber Fritz war schon über ihm, riss ihn hoch und nahm sein Schiff in Gewahrsam.

Elisabeth Engelhardt
Trümmerzeit auf dem Lande. Vom vorletzten Kriegsjahr bis zur Währungsreform

In den Nachrichten wurde täglich die Front begradigt. Im Westen bereiteten die Alliierten die Invasion vor und landeten. Die Russen standen in Finnland, Polen, Ungarn. Die Wunderwaffe flog nach England, ohne Wunder zu wirken. In der Heimat sanken die Städte in Trümmer. Ausgebombte schleppten ihre geretteten Habseligkeiten aufs Land. Die meisten Zwangsgäste waren zufrieden mit einem Dach über dem Kopf. Schmerz, Trauer, der bleierne Schrecken jener, die ihre Haut gerade noch gerettet haben, spricht aus dem Gedicht von Gertrud von Le Fort:

Die einen mussten fliehen
die andern konnten bleiben
Die einen besaßen so viel
wie sie am Leib trugen
die andern behielten alles
die einen starben
die andern überlebten

Doch die Dörfer standen unversehrt. Auf den Fensterbänken blieb jeder Blumentopf an seinem Platz. Das Unglück machte Ausnahmen. Verirrte Bomben und Artillerie rissen Löcher. Die Spezialisten der letzten Stunde jagten Brücken in die Luft. Waffen-SS verschanzte sich in Gehöften. Es wurde nicht mit Munition gespart, wenn ein Dorf Widerstand leistete, und es wurde exekutiert, wenn die SS ein Dorf zurückeroberte, wo ein Bürgermeister oder Ortsgruppenleiter zu früh die weiße Fahne aufgezogen hatte. Olivgrün oder feldgrau: Kurz vor Torschluss stieg die Lebensgefahr mit der Nervosität.

Letzte versprengte Haufen unterwegs Richtung Süden. Kradfahrer, Sanka, Kübelwagen preschten wie der Teufel die Dorfstraße hinauf oder hinunter – der Mann am Steuer hatte keinen blassen

Schimmer, ob er einen Kilometer weiter auf die Amis oder den eigenen Haufen stoßen würde, oder er suchte einfach nur Deckung im Wald, weil die Jabos jedes einzelne Fahrzeug mit Maschinengewehren beharkten.

Es kam das letzte Aufgebot: Kinder in schlotternden Uniformen, die unbedingt kämpfen, die Heimat verteidigen wollten. Die Nesthäkchen der Nibelungenpropaganda hielten sich nicht an einem Spieß fest wie die Sieben Schwaben, sondern an einer Panzerfaust, mit der sie nicht umgehen konnten, und es war nicht erheiternd. Während einige ihren Tränen freien Lauf ließen, hätten andere sich lieber die Zunge abgebissen, als zu heulen.

Es passierten Truppen der Wlassow-Armee die Dorfstraße. Reiter und Wagen, Kosaken mit Frau und Kind, alte Männer und junge, Todgeweihte, die noch nicht ahnten, dass die Westalliierten sie eines Tages an Stalin ausliefern würden. Hintenherum, und nicht über die Dorfstraße, schlichen einzelne Versprengte zu den Gehöften und erbettelten Zivilklamotten. Die einen öffneten ohne Umstände ihre Schränke und wünschten Glück. Andere verschlossen die Tür oder jagten sie fort, böse auf die Krieger, weil sie sechs Jahre Krieg geführt hatten oder böse, weil einer nicht seinen letzten Blutstropfen für den Führer vergießen wollte.

Es näherten sich Plünderer, direkt von der Straße her oder auf Schleichwegen. Fremdarbeiter, die Hunger hatten oder sich schadlos halten wollten für die jahrelange Zwangsarbeit oder nur zeigten, wer Herr im Land und Sieger war. Sie erbrachen Hühner- und Schweineställe, Keller und Räucherkammern, und was sie nicht verzehren oder mitschleppen konnten, warfen sie den Hunden hin. Die Not hatte viele Gesichter und hatte nur ein einziges: das wahre Gesicht. Es zeigte sich unverstellt, unverhüllt, in seiner Habgier oder Hilfsbereitschaft, in Egoismus oder Solidarität.

Der Einmarsch der Amerikaner lag in der Luft. Jabos schossen mit Bordwaffen. Der Krieg hatte sich zur Hasenjagd verwandelt. Seine Hasen waren flüchtende Soldaten und Bauern, die ihre Felder bestellten. Mochte kommen, was wollte, Amerikaner hin, Waffen-SS her, die Kartoffeln mussten in die Erde, wer sie auch ernten würde, falls man nach Sibirien oder nach Amerika in die Sklaverei verschleppt wurde. Im Ofen verkohlte die Bibel des Tausendjährigen Reichs »Mein Kampf«. Wer Nerven besaß, trennte das Hakenkreuz von der Fahne. Das rote Tuch war vielleicht noch zu gebrauchen.

Wer dem Frieden misstraute, versteckte das heilige Tuch, um es im Fall des Wunders, wenn der Wind sich drehte, wieder aus der Dachluke flattern zu lassen. Auch wenn viele es nicht mehr wahrhaben wollten, dieses Hakenkreuz hatte sich bis ins Herzblut gehakt. Besorgte Mütter verstauten ihre Töchter auf dem Heuboden. Verrunzelte Weiblein wälzten sich im Stallmist, um der Vergewaltigung zu entgehen. Rätselhaft, warum die Hygiene-Apostel aus den USA sie nicht als Werwölfe abschossen. Schließlich dröhnten sie wie der Leibhaftige ins Dorf. Ungewaschene, unrasierte Amisoldaten schauten von den Türmen kettenrasselnder Ungetüme herunter. Sie warfen den Kindern Kaugummi zu, die ihr erstes Englisch lernten, während sie neben den Panzern herliefen. Franken war nicht Masuren. Blutbäder, umgedrehte Hälse gab es nur in Hühnerställen. Frische chicken bruzzelten, schmorten in Töpfen, Pfannen, am Spieß über offenen Feuern. Großmütter schrubbten sich ungeschändet Mist und Odelbrühe vom Leib.

Stunde Null. Übergang zu etwas Neuem, die große Chance, noch spürten wir keinen Boden unter den Füßen, während die Welt in Trümmer ging, nur den schmerzlichen, beschämenden Fall ins Ungewisse. Schon tauchten Fassadenmaler den Pinsel in frische Farbe, triefte die neue Parole von den Wänden: »Ami go home!« Es gab keine Post. Wenn es Post gegeben hätte, gab es für viele keine Adresse. Post wurde von Kameraden befördert. Portofrei, auf abgegriffenen Zetteln, durch zahllose Hände, Hosentaschen, Jackentaschen gewandert. Wohnte der Empfänger auf dem Dorf, wurde die Post umso lieber befördert: per Nachnahme in Fressalien. Lastwagen fuhren wieder. Die Eisenbahn verkehrte nach abenteuerlichen Fahrplänen. Wartesäle waren überfüllt. Wartesäle dienten als Nachtquartier, Notunterkunft, Umschlagplatz für Schwarzmarktgeschäfte.

Völkerscharen befanden sich auf Achse. Heimatlos auf der Suche nach Heimat, entlassene Kriegsgefangene auf der Suche nach Angehörigen, Fremdarbeiter, Zwangsarbeiter von irgendwoher nach irgendwohin. Ein verrückter Zufall führte die Getrennten bisweilen zusammen oder sie fuhren ahnungslos aneinander vorbei. So würden sie weiter warten, reisen, und schreiben, suchen und warten ohne Antwort auf die drängende Frage: Leben sie noch? Frauen malten sich ihren Heimkehrer aus: wie er läutete, am Fenster klopfte, wie er dastand, abgerissen, hungrig, müde und lebendig. Mit

Problemen konnten sich die Menschen damals nicht befassen. Die Zeit war zu hart für Probleme, Selbstmitleid, Bedauern. Das Land und seine Bewohner waren nicht ausradiert, nicht untergegangen in Blut und Feuer. Sie lebten: erschöpft, verzweifelt, hungernd, stehlend, frierend, verachtet, geduckt, gedemütigt. In den Trümmern des Schmerzes, der Trauer, Angst und Hoffnung richteten sie sich ein. Sie gehorchten den strengen Anordnungen der Militärregierung und unterliefen sie mit allen Tricks und allen Mitteln.

Verschwörung in Filzpantoffeln, geschäftige Unruhe in Stall und Keller. Bei Nacht und Nebel schlich der Brandmetzger zum Hof. Ohne Fachmann lief das nicht. Auch ein armes Schwein merkt, was es geschlagen hat, und plärrt Himmel und Hölle aus dem Schlaf. Blutspuren, Fettspuren ließen sich beseitigen, der Blutgeruch, Fettgeruch blieb. Wem es mit einem Bein im Kittchen mehr behagte als mit beiden Hinterbacken, der musste dafür sorgen, dass auch der Nachbar durch einen bescheidenen Anteil Verschwiegenheit übte. Den alten Schandarm, der es peinlich vermied, einem Hamsterer in die Arme zu laufen, der selbst auf einen Spezi angewiesen war, um sein Pfeiflein zu stopfen, hatte ein scharfer Nichtraucher abgelöst. Er blies unbarmherzig zur Jagd. Zwischen Gartenzäunen rannte eine Frau, den voll gepackten Rucksack auf dem Buckel. Der Schandarm hinterher, weder der Jüngste, noch der Schnellste, außerdem baumelte ihm auch noch ein hinderlicher Karabiner über der Schulter. Im nächsten Hof stand eine Bäuerin am Waschtrog. Die Flüchtige stürzte atemlos ins Haus, warf ihren Rucksack in den Flur. »Schnell, geems mer ern Schärzn!«– Die Bäuerin grapschte aus dem Waschtrog eine Schürze. Als der Häscher kam, sah er zwei fleißige Waschfrauen schmutzige Wäsche bürsten. »Ham Sie a Frau mit ern Rucksack laufn sehng?«

»Jaa! Döi hammer renner sehng, grod erscht is vorbei! Dou ums Eck is gloffn, wennsersi schickn, derwischn Sis nu!« Alte Geschichten, die belacht werden durften, sonst gab es wenig zu lachen im verwalteten Elend, in der geordneten Anarchie.

Das Gras grünte im Jahr 48. Landauf, landab wurde das Zauberwort Währungsreform gemunkelt. Wie von Zauberhand hatten sich über Nacht Läden und Schaufenster mit Waren gefüllt. Frischgeprägte D-Mark in der Tasche, konnte man kaufen, wovon man in den letzten Jahren nur geträumt hatte. Das Kapitel Trümmerzeit war abgeschlossen – ab jetzt kamen die Maurer zum Zug.

Norbert Feierabend
Schlechte Zeiten: 1944 – 1945

Die Erinnerung an die Nacht zum 28. September 1944 ist eine meiner frühesten, sicher aber die nachhaltigste meines Lebens. Heute, nach über sechzig Jahren glaube ich, dass mich die Erfahrungen jener Nacht davon überzeugt haben, dass es Gebete gibt, die von Gott erhört werden.

Wir wohnten damals in Kaiserslautern, ganz in der Nähe des Bahnhofs. Direkt auf der gegenüberliegenden Seite der Straße, in der wir wohnten, stützte eine hohe Mauer den Bahndamm ab. Unsere Stadt war ein Eisenbahnknotenpunkt, in der sich wichtige Nachschublinien kreuzten. Darüber hinaus gab es in der Stadt Munitions- und Waffenfabriken sowie Spinnereien, die Uniformstoffe und Fallschirmseide herstellten, und war somit bevorzugtes militärisches Angriffsziel.

In jener Nacht überhörte unsere Mutter, die seit ihrer Kindheit unter Schwerhörigkeit auf dem linken Ohr litt, den Fliegeralarm. Vater war als Soldat im Krieg, und ich selbst weiß nicht mehr, ob ich den Alarm hörte und ihm (als knapp Sechsjähriger) nicht die nötige Bedeutung zumaß, oder ob ich ihn auch verschlief.

Als Mutter und wir Kinder wach wurden, fielen rings um uns auch schon die Bomben, und um in einen Schutzbunker zu kommen, war es zu spät. In den feuchten Keller traute sich Mama auch nicht, denn mein kleiner Bruder war schon seit Tagen fiebrig krank. Und so blieben wir im Schlafzimmer des Erdgeschosses. Mein Bruder lag im Bett, ich selbst am Fußende desselben und Mutter kniete vor dem Bett und betete. Stundenlang.

Immer wieder fragte Mutter: »Brummt's noch?«, sie wollte von mir wissen, ob ich die Flugzeuge noch hörte. (O ja, ich hörte sie noch.) Ich hörte sie bis gegen fünf Uhr am Morgen. (Die Angst, die man hat, wenn man hört, wie es stundenlang wieder und wieder in der Nähe einschlägt, ist einfach unbeschreiblich.)

Als die Flugzeuge wieder weg waren, wurde es draußen hell

und Mutter traute sich, die Verdunkelungsvorhänge, die jeder am Abend vor die Fenster zu hängen hatte, wieder zu entfernen. Dabei wurde das ganze Ausmaß der Verwüstungen deutlich.

In unserer Straße standen nur noch drei Häuser. Im mittleren Haus wohnten wir. Alle anderen waren von den Bomben getroffen worden und brannten lichterloh.

Es war die Nacht des großen Angriffs der Alliierten auf unsere Heimatstadt. In dieser Nacht wurde nicht nur der Bahnhof, sondern die ganze Stadt mit einem Bombenteppich überzogen. Es gab Stadtviertel, die dem Erdboden gleich gemacht wurden.

Mutter stammte aus Schallodenbach, einem Ort etwa zwanzig Kilometer außerhalb der Stadt. Von dort hat man die Stadt brennen sehen. Blutrot sei der Himmel gewesen. Voller Sorge hat sich Mutters ältester Bruder, der altershalber nicht zum Militär eingezogen war, zu Fuß auf den Weg gemacht (Verkehrsmittel gab es zu dieser Zeit schon nicht mehr), um in der Stadt nachzusehen, ob wir noch leben.

Mein Onkel war kein Mann, der lange fackelte. Er trug Mutter auf, die nötigsten Dinge zusammenzupacken, er würde es organisieren, dass wir heimgeholt würden. Also packte Mutter.

Und richtig: Am Abend des zweiten Tages nach der Katastrophe kam ein Nachbar, der es wohl verstanden hat, seinen dreirädrigen Kleintransporter der Beschlagnahme durch das Militär zu entziehen, um uns abzuholen.

Die wenigen Habseligkeiten waren in der Dunkelheit schnell aufgeladen. Der Transport musste ohne Licht geschehen, einmal wegen der Verdunkelungsvorschrift und zum anderen durfte man sich auch durch die »Obrigkeit« nicht erwischen lassen, sonst wäre das Fahrzeug doch noch requiriert worden. Aber Licht war eigentlich auch nicht notwendig, denn so lange man in der Stadt war, gaben die immer noch brennenden Wohnhäuser, das Stadttheater, die Kaufhäuser genug Helligkeit, um alles zu sehen.

Auch diese Fahrt durch »meine« Stadt, mit den brennenden Häuserzeilen links und rechts der Straßen, werde ich in meinem Leben nicht vergessen können. (Ob ich will oder nicht, die Erinnerung daran kommt immer wieder hoch.)

Doch wenn wir nun hofften, in Sicherheit zu sein, war das eher Wunschdenken.

Oberhalb des Ortes gab es nämlich einen Segelflugplatz, auf dem den angehenden Militärpiloten die Anfangsgründe der Fliegerei beigebracht wurden. Und am Ortsausgang waren in einem aufgelassenen ehemaligen Steinbruch die Wohnbaracken der Luftwaffeneinheit. Was den Alliierten nicht verborgen blieb.

Da das Haus meiner Tante, in dem wir uns meist aufhielten, ausgerechnet das letzte des Ortes war, hatten wir das zweifelhafte Vergnügen, Angriffe zu erleben. Auch einige Bomben fielen in der Nähe.

Was mich aber heute noch empört und was mir lange Zeit Albträume bereitete, war der Angriff eines Jagdflugzeuges auf uns spielende Kinder.

Funktionierende Alarmsirenen gab es meines Wissens in dem kleinen Ort nicht, sodass man einen Angriff erst bemerkte, wenn die Gefahr schon akut war.

Und so spielten wir Kinder wie üblich auf der Straße, als urplötzlich ein Jagdflugzeug im Tiefflug über der Straße auf uns zukam. Mit knapper Not konnten wir uns in die Hauseingänge flüchten und so dem Maschinengewehrfeuer entgehen.

Alles in allem waren jedoch in dem Ort nur wenige Schäden zu beklagen. Unser Haus in der Stadt wurde allerdings in den letzten Kriegstagen doch noch ausgebombt. Und das, was noch übrig war von unserer Einrichtung, wurde ein Opfer von Plünderern. Auch das Lagerhaus meines Vaters wurde vernichtet, der Geschäftswagen – auch ein dreirädriger Kleintransporter Marke »Goliath« – wurde von Dieben in seine Bestandteile zerlegt und teilweise abtransportiert.

Wenige Tage vor dem Einmarsch der Amerikaner kam Vater nach Hause, weil unser Großvater gestorben war. Sein »Mitbringsel«: Malaria.

Stunden vor der Ankunft der einmarschierenden amerikanischen Truppen wollten deutsche Militärpolizisten unseren kranken Vater noch abholen und zu seiner Truppe bringen, was unser Onkel mit dem Gewehr in der Hand (weiß Gott, woher er das hatte) verhindern konnte.

Neugierig, wie Kinder sind, erlebten wir den Einmarsch der Besatzungstruppen versteckt hinter der Friedhofsmauer(!) und waren mächtig beeindruckt von den riesigen, bedrohlichen Panzern und den schweren Fahrzeugen. Heute weiß ich, es waren Pionierfahrzeuge, denn die deutschen Soldaten hatten beim Abzug viele Straßen und Brücken gesprengt und Panzersperren angelegt.

Die Amerikaner nahmen Quartier in unserem kleinen Ort. Jeder wehrfähige Mann musste sich bei der Kommandantur melden. Da mein Vater krankheitshalber dies nicht selber konnte, musste Mutter die Aufgabe übernehmen.

Als sie mit einem Soldaten, der die Angaben kontrollieren sollte, wiederkam, hatte Vater gerade wieder einen Anfall von Schüttelfrost und mein Bruder und ich sahen zum ersten Mal in unserem Leben einen Schwarzen.

Mutter hat später erzählt, dass sich die Amerikaner sehr fair verhalten haben und ihr täglich Medikamente für Vater gaben. Zu uns Kindern waren sie sowieso sehr freundlich.

Ganz anders die Franzosen, an die das Kommando nach einigen Wochen von den Amerikanern übergeben wurde und vor denen man sich in Acht nehmen musste.

Vor allem nordafrikanische Soldaten schikanierten die Bevölkerung. Menschen wurden grundlos niedergeschlagen, den jungen Frauen wurde nachgestellt, Kinder wurden erschreckt, das bisschen verbliebene Habe wurde beschlagnahmt, besetzte Häuser wurden verwüstet.

Vieles mehr gäbe es zu beklagen, was den Besatzern wahrlich keine Sympathien verschafft hat.

Susanne Fleischer
TrümmerTrauma

Maria Anna lebte erst seit ihrem neunten Lebensjahr in Deutschland. 1939 hieß es: Heim ins Reich. Ein Aufruf Hitlers an die Banater Schwaben. Sie verließ deshalb mit ihrer Mutter Emilia, deren Vorfahren aus Stuttgart stammten, und ihrem Vater Ignatius, einem gebürtigen Letten aus Weißrussland, ihre rumänische Geburtsstadt Temesvar. Nach einigen Stationen in Deutschland wurde den dreien eine kleine Wohnung über dem Leichenschauhaus des Brucker Friedhofes zugewiesen.

Fliegeralarm. 1944.
Gestern war Heiliger Abend und ausnahmsweise mal eine ruhige Nacht.

Maria Anna hatte jetzt immer nachts, nicht nur wegen des fast täglichen Sirenengeheuls, einige Lagen an Kleidung an. Ihr Bett stand unter der Dachschräge im ersten Stock des Leichenhauses. Bitterkalt war es in ihrem Zimmer seit dem Wintereinbruch. Die Wände glitzerten, bedingt durch die dünne Eisschicht, die sich daran gebildet hatte. Oft genug fanden Mäuse ihr Bett, als wärmenden Unterschlupf, gemütlicher. Wenn sie des Morgens die Bettdecke wegklappte und vor Entsetzen die erschrockene Maus mit der Hand wegschleuderte, fror so ein Mäuschen schon mal an der Eiswand fest und blieb dort kleben.

Ihre Mutter war noch nicht auf. Sie hatte wieder einmal die Sirenen nicht gehört. Seit sie zwölfjährig zu weit entfernten Verwandten zum Arbeiten geschickt worden war und selbst im härtesten Winter im Freien die Windeln und Wäsche der Großfamilie waschen musste, wurde sie durch unausgeheilte Erkältungen und Ohrinfektionen schwerhörig; wohl auch durch die Schläge, die sie dort erhielt.

Maria Anna kannte das Theater nun schon zur Genüge. Jedes Mal drückte ihrer Mutter die Angst auf die Blase, sobald sie sie weckte, um mit ihr den Luftschutzkeller aufzusuchen. Immer wieder der gleiche Zirkus, auf ihre Mutter warten zu müssen, bis sie vom Örtchen zurückkam, das, wie bei vielen Wohnungen dieser Zeit, außerhalb des Hauses lag. Und heute dauerte es besonders lang.

Bibbernd in der klirrenden Kälte, erlebte Maria Anna einen Bombeneinschlag in allernächster Nähe, wobei ein Querschläger die eben fluchtartig verlassene Wohnung traf.

Und dann war er auch schon vorüber, wie immer – dieser nächtliche Spuk.

Zurück in der Wohnung, erblickte Maria Anna entsetzt eine – von »oben« eingetroffene – nachträgliche Weihnachtsbescherung: Die Schräge, genau über ihrer Schlafstätte, war eingebrochen. Ziegel- und Gesteinstrümmer lagen jetzt an der Stelle, an der sie vor kurzem noch geschlafen hatte.

Ja, und so geschah es dann, dass zwei Tage später ihr in der Nähe wohnender Großonkel das Dach notdürftig zu isolieren begann.

Maria Anna schlief jetzt im Ehebett zusammen mit ihrer Mutter, auf der von ihrem Vater verlassenen Seite.

Wenn ihr Vater damals in Rumänien gewusst hätte, dass „Heim ins Reich" für ihn bedeuten würde, für ein Vaterland kämpfen zu müssen, das nicht seines war, ob er dem Ruf dann gefolgt wäre?

Jetzt befand er sich, ein Weißrusse, in russischer Gefangenschaft. Und keiner wusste, ob er jemals wieder nach Hause kommen würde.

In Rumänien noch hatte Maria Annas Mutter wie der Lump am Stecken getanzt und gesungen, auf ihrer Mandoline aus Herzenslust gespielt. Jetzt, mit ihren erst dreiunddreißig Jahren, gab es schon lange Zeit keine heiteren Feste mehr. Ausgelassenheit war ein Fremdwort geworden.

In dieser Nacht nahm Maria Anna im Halbschlaf wahr, dass sich ihr Großonkel auf Mutters Seite ins Bett legte.

Am morgigen Tag würde sie ihren 14. Geburtstag feiern. Zu früh, um damit klarzukommen, was sich in dieser Nacht neben ihrem vor Panik erstarrten Körper abspielte.

Weggedreht, schlafend gestellt, erlebte sie ein weiteres, nachhaltig prägendes Ereignis. Fünfzig Jahre später, erst im dreiundsechzigsten Jahr, an ihrem vierzigsten Hochzeitstag, brach sie, zitternd bis in die Haarspitzen, ihr selbst auferlegtes Schweigen, um zaghaft im Flüsterton ihrer ältesten Tochter diese traumatische Erlebnisfolge anzuvertrauen.

»Ai häv Bläisn on mai Faiß«
Interview mit dem Vater

»Ai häv Bläisn on mai Faiß« war meines Vaters Ausspruch ab dem Zeitpunkt, als er sich stolz, mit seinen damals gerade mal 17 Jahren, seine ersten Terrassenschuhe leisten konnte. Der neueste Schrei 1948, als es nach der Währungsreform wieder alles zu kaufen gab. Ai häv Bläisn on mai Faiß: Eine Sprachschöpfung, entstanden aus dem Sprachengewirr der Nachkriegszeit, war und ist der Aufhänger, um aus der Zeit seiner Kindheit und Jugend vor und während des Krieges zu erzählen.

Weil die Antworten meines Vaters zum einen in einem kargen, oft telegrammartigen Stil (der besonders die Erinnerungen an diese Zeit kennzeichnet) wiedergegeben werden sollte, und zum anderen die alte Sprache nicht in Vergessenheit geraten darf, wurde von mir sein Erlanger Dialekt übernommen.

Frage: Du bist 1937 eingeschult worden. Wie veränderte sich der Schulalltag während der Kriegsjahre?

Iich bin nooch Biichnbach[1] in die Schull gangä. Dess iss gechnniiber vom Gütlein. Des is iibriggns haid immer nu a Schullhaus, so a ganz alds, in dä Forchheimer Schdrossn, so a roods Baggschdaahaus.

Ohm wohn zwa Schullzimmer, und die Bollizei. Achdäsechzich Schiiler in am Joohgang womä, in aner Glass. Schbäder, do hodds fasd kanni Lährä mä gehm, wall die meisdn eizoong wonn sinn. Dann sinn die Glassn zammglechd wonn. Im Schullhaus sinn russischa Soldohdn, Kosakn undäbrachd wonn, Iibergloffne, zur deudschn Wehrmachd desserdierde. Wall die Kassän scho voll wohn, mid Soldohdn, sinn die Schullhaisä als Lazaredd eigrichd wonn. 1944 hodds khasn: Wea a Lähschdell hot, däf ärbän. Desweng bin iich vorzeidi aus dä Schull endlassn wonn.

---

[1] Biichnbach oder Bimbo: Büchenbach, ein Stadtteil Erlangens.

Frage: An welche Kriegssituation kannst du dich noch am besten erinnern?
No, on den 15. April 1945 (fuffzehndn Abrill Neinzähhundädfümbfäväzich). Des woh a Sunndooch. Es woh scho warm. Miä hamm scho Schbinood im Gaddn ghabd. Sowieso. Dauänd woh Fliecheralarm gwesn. Jedn Dooch. Dooch und Nachd. Wenn Fliecheralarm woh, sinn mir immer nei in Kellä. In Dooch übbä Lehr gmachd und in der Nachd wohsd im Kellä. Bis zum ledzdn Drobfn is gangä. Do wohsd im Kellä und ohm is des Zeich zammgfalln. Angsd woh immä do, Dooch und Nachd. Des konn sich iiberhabd kannä vohschdelln. Und nix zu essn ghabd!
Ja mei, do woh die Angsd scho do, wie die Soldohdn, die Amerikanä, do wohn, unsä Daham zammgschossn wonn iss und miä, mei Muddä, mei Brudä Hans und iich im Kellä drund ghockd sinn, bei die Kolln und die Bodagn[2]. Do drundn woh alles scho voll, wie nochäd hald zwa Ami do rundä in Kellä kumma sinn und hamm Deggung gnumma, wie die Granooden bfiffn hamm. Zwa Schdigg. Zwaa Ami. Do hammä a Wännla midd Wassä drundn ghabd. Do hodds khasn, du mussd Wassä do homm zuä Väsorchung. Do woh dä aane midm Osch drinn ghängd. Noja, dä hodd sich hald a nognied und sugo begreizichd, wies eigschlong hodd. Des wassi haid nu!

Frage: Wie konnte das passieren, das mit dem Granatenabwurf in euer Haus?
Die hamm die Haisä zammgschossn. Absichdli wohscheinlich net! Die hamm die Banzä dreffn wolln, jaja! Zwa Banzä dä Amerikohnä sinn durch die Damaschkeschdrossn gfohn. Die Banzä sinn dann schdeh bliem, wall dä Nachbä Franz in seinä Uniform dodd auf dä Schdrossn gschdandn iss, den hamms gseng. Und wie dä Franz gseng hodd, dass des Ami sinn, isser durch – nei in Kellä. DeswENg sinn die Banzä schdehn bliem und die Soldohdn hammnänn rausghold. Und in dem Moment hodd die Deidscha Ardillerie nadirli draufgschossn! Wall sonsd häddn die nedd gschossen. Wall auf a fohrndes Fohrzeuch konnsd net schießn. Wenn dä net in seina Uniform draußn gschdandn wä, wän die Banzä weidägfohn, dann wä nix bassiäd!

---
[2] Kolln und Bodagn: Kohlen und Kartoffeln.

Frage: Was passierte nach dem Beschuss?
Dä hodd uns nedd rausglossn, der ane Ami, mein Brudä Hans und miich. Die hamm sich a gschüzt. Und wie's dann aus woh, sinn die abghaud. Jaja! Und des woh des Anzia[3]. Miä sinn nachds dann nauf nooch Bimbo zu unseri andän Gschwisdä. Die sinn im Kellä von Verwandn underkumma. Des woh a Sunndooch, in dä Dämmerung. In der Siedlung wohn die Ami und in Bimbo woh nu die SS. Ja und dann, am nächsdn Dooch, sinn die Ami scho in Bimbo gwesn, am Monndooch. Miä sinn dann scho glei widder runder, wall die Gaasn[4] a mit im Felsnkellä drinn wohn, und des hobb ich nedd gmächd. Jaja. (Papa lenkt ab) Naja und die Soldohdn, die Ami, hamm dann Schoglod und Kaugummi verdahld. Die hamm im Freia kambierd, am Damaschkeplatz. Am Monndooch woh die ganze Einheid dottn. Do hammä scho gwiessd, dass rum iss, dass dä Griech aus woh, wie die Ami do wohn. Die hamm alle Haisä durchgsuchd, ob nu Soldohdn undergschlubfd sinn. Do sinn die überroll nei und wiedä naus. In die Schränk homms net neigschaud. Dann hammä alles nooddürfdiich gmachd, woss alles hii woh. Dä Dachschduhl woh zerschossn. Von ohm schreech abwädds, bis zum Wohnzimmä woh dä obere Giebl wech. Dä Vaddä hodd noch vo seim Dood sei Wergschdadd ferdich ghabd. Davo hammä die Ziegl runder gnumma und des bombadierde Dach damid deckd. Des Wergschdaddach woh iber a Jooh offn. Des hodd neigrengd, bis wiedä Ziegl do wohn. Jaja (mit kraftlos werdender Stimme).

Frage: Papa, an was erinnerst du dich noch, wenn du an das Jahr 1945 denkst?
Do hodd sich alles ums Essn drehd. Do hodds khasn, wennsd ka Bodagn hollsd, gibds Morng nix zu essn. Do simmä nachds loszong, hamm die Bodagn raus glaut.
Miä hamm dann gschachäd, nä. Midd die Rauchäkaddn sinn die Muddä und iich in die Frängischa gfohn. Do hosd dann zea, zwanzg, dreißg Pfund Mehl dafir grichd. Des hobb iich dann von dä Schleamihl[5] bis Bredzfeld aufm Riggn rundädroong. Die Muddä hodd dot alle Bauän kennd. Noja, dess eschde und zweide

---

[3] Des Anzia: das Einzige, gemeint im Sinne von »Das war das einzig Gute daran«.
[4] Gaasn: Ziegen
[5] Schlehenmühle

Schdiggla Brood, dess woss sie grichd hodd, hobb ich immä glei gfressn. Desweng bin iich miid. Vom Fallobsd, do hobbi scho an Dreivädl Zendnä aufm Buggl droong. No freili!

Frage: Erzähl bitte mal, wie war das mit dem Hamstern?
Amoll wohn miä in Badn-Würddmberch, do hammä Äbfl ghold, die Muddä und iich. Miä wohn in Öhringen. Do hodd sie gsachd: »Do kriegsd noch vüll fir dei Zeich zum Dauschn.« Miä wohn middm Zuuch zwaa Dooch undäwegs. In am Kuhschdall hammä gschloofn. Do woh nu a Madla, a Dienstmadla, ana vo dä Frängischn dabei. Alles hommä eidauschd. Die do dabei woh, hodd sogoh ihrn Undärogg auszong und hoddn väschachäd. Miä hamm Garn und Schdoffe aus dä Schbinnerei, der ERBA, do wo die äldsde Schwesdä gerbät hodd, dabei ghabd. Und Zigareddn. Die Muddä und die äldärn Schwesdän hamm Rauchäkaddn ghabd. Eschd iiber achdzenn Jooh hodd mä Rauchäkaddn grichd. Miä hamm dann anahalb Zendnä Äbfl haamdrong, zu zweid! Miä hamm die halba Nachd in Nämberch gsessn, bis dä Zuuch kumma iss. Dodd sinn Kondrolln kumma, wecha Schwazmargd und so. Schnabs und so. Die hamm uns nedd durchsuchd. Die ana Flaschn Schnabs, die hammä dann do wiedä guud väschebbän kenna.

Do hodd sich hald alles ums Essn drehd, nä! Jaja!

Anmerkung: Die Schreibweise der Mundart folgt keinen allgemein gültigen Richtlinien.

Ingeborg Frodermann
Nach Kriegsende 1945

Im Frühjahr 1945 war ich ein Mädchen von zehn Jahren. Als der Geschützdonner von der Verteidigungsfront im Westen aus Richtung Neustadt/Aisch in Fürth immer deutlicher und anhaltender zu hören war, erinnerte sich meine Mutter unserer Verwandten in Konstanz am Bodensee. Im überfüllten Zug erreichten wir Konstanz ohne Zwischenfälle. Von Onkel und Tante, die neben uns noch ihre Schwiegertochter mit zwei kleinen Kindern zu beherbergen hatten, wurden wir, meine Mutter, meine 23-jährige Schwester Lisbeth und ich, aufgenommen. Die Übergabe der Stadt Konstanz an die französische Armee erfolgte kampflos; die Bürger gingen dem Feind mit weißen Fahnen entgegen. Der Südwesten Deutschlands gehörte nun zur französisch besetzten Zone. Viele Soldaten der französischen Armee waren dunkelhäutige Nordafrikaner aus Tunesien, Algerien und Marokko. Von Ausfällen der Besatzungssoldaten gegenüber der Bevölkerung ist zumindest mir nichts zu Ohren gekommen. Die schöne ehemalige Reichsstadt am See ist von Kriegsschäden verschont geblieben.

Die amtlich zugeteilten Essensrationen pro Person waren auch hier äußerst knapp bemessen. Die Kartoffeln zählten wir ab und dividierten sie durch die Tage, für die sie reichen mussten: morgen noch zwei Kartoffeln für drei Personen. Mit den viel zu kleinen Brotrationen verfuhren wir ebenso, das zugeteilte Brot wurde sofort in drei gleiche Stücke geteilt und jeder musste für sich selbst haushalten. Meine Schwester genoss es, ihren Teil gleich ganz aufzuessen, ich dagegen gönnte mir nur kleine Portionen, vorausschauend auf den kommenden Tag. An einer kleinen Tafel Schokolade zum Beispiel, die ich durch einen Zufall erhalten hatte, roch ich einige Tage nur, um den Genuss und das Glück zu verlängern.

Durch die kriegsbedingten Zerstörungen der Deutschen Reichsbahn im ganzen Land fuhren nach Kriegsende in den ersten Wochen und Monaten keine Züge. Endlich brachte meine Schwester, die täglich zum Bahnhof gelaufen war, die Nachricht: Züge fahren ab Konstanz. Schnell entschlossen wir uns zur Heimkehr nach Fürth. Die Bahnreise endete aber schon in Ulm, der Bahnhof und die Gleisanlagen waren zerstört. Da saßen wir, wie Hunderte andere Menschen, auf unserem Gepäck. Schließlich wurden wir mit Lastwagen weiterbefördert. Bis Dinkelsbühl. Ich sehe mich heute noch dort mitten im Ort auf einem kleinen Rasenstück unter einem Baum schlafend liegen, als meine Schwester mich froh gelaunt weckte mit der Meldung, dass wir bei einem Bauern aufgenommen würden. Dort fanden wir uns in einem Schlaraffenland wieder: frisches Bauernbrot, herrlich duftende Butter, Radieschen und alles, so viel wir essen konnten. Danach versanken wir in gewaltigen Kissenbergen, meine Schwester und ich gemeinsam in einem Bett. Am nächsten Tag ging es per Bahn weiter. In Güterwagons, oben auf den Geschützfahrzeugen sitzend, sind wir schließlich heil nach Nürnberg und Fürth zurückgekehrt.

Fürth war nicht kampflos den Amerikanern überlassen worden, sondern in manchen Stadtteilen war es zu Kampfhandlungen gekommen. Ein letztes, vergebliches Aufbäumen gegen die Siegermacht. An den Hauswänden prangte die Parole »Ami go home«.

In unsere Dreizimmerwohnung im dritten Stock eines schönen Historismushauses waren Splittereinschläge in Möbel und Fußböden eingedrungen, Fensterscheiben waren zerbrochen. Zudem war in unserer Abwesenheit eine Frau mit ihrer 12-jährigen Tochter vom Städtischen Wohnungsamt einquartiert worden. Da mein Vater sich noch in englischer Kriegsgefangenschaft befand und mein Bruder Achim, der an der Ostfront gekämpft hatte, noch nicht zurückgekehrt war, konnten wir uns damit gut einrichten. Meine vier Jahre ältere Schwester Olga musste im letzten Kriegsjahr zum Landeinsatz auf einen Bauernhof in Kippenhausen am Bodensee. Auch hier hatten sich mit Kriegsende dunkelhäutige Afrikaner als Besatzer eingerichtet, die – wie wir uns bei einem Besuch dort überzeugen konnten – ein recht freundschaftliches Verhältnis zu der Landwirtsfamilie unterhielten. Später bekamen wir als Untermieter Srulé und seine Frau zugewiesen, ein sympathisches, junges jüdisches Ehepaar. Sie bewohnten ein Zimmer unserer Wohnung zusammen mit einer Gans. Eines Tages ereilte die Gans ihr absehbares Schicksal: Sie wurde in unserer Badewanne geschlachtet.

Nach einem Jahr kam mein Vater ohne Blessuren aus der englischen Kriegsgefangenschaft zurück. Er war Obermaat in der Marineverwaltung in Varel bei Wilhelmshaven gewesen, also in der englischen Besatzungszone. Auch meine Schwester Olga kehrte von ihrem Landeinsatz heim. Jetzt wurde es eng in unserer Dreizimmerwohnung.

Die Hungerzeit fing 1946 erst richtig an. Die Rationierung mit Lebensmittelmarken für Brot, Fett, Milch, Mehl, Zucker, Kartoffeln war so knapp, dass wir mit diesen Zuteilungen nicht satt wurden. Pellkartoffel und Zwiebelsoße, unsere tägliche Mahlzeit, schmeckten gut, wenn wir sie nur hatten! Grießbrei aus Buttermilch ging auch. Der Erfindungsreichtum meiner Mutter war ungebrochen, so gab es sonntags dunklen Kuchen aus dem Kaffeesatz von Kathreinerkaffee. Der piekte zwar etwas im Hals, war aber trotzdem willkommen, wie auch zur Abwechslung der Möhrenkuchen. Zum Glück gab uns unsere Hauswirtin, die gute Beziehungen »aufs Land« hatte, von ihren Lebensmittelmarken hie und da etwas ab. Meine älteren Schwestern fingen nun an, mit den Fahrrädern in die umliegenden Ortschaften zu Bauern zu fahren, um Brauchbares aus unserem Keller wie Skistiefel, eiserne Töpfe und andere begehrte Tauschobjekte gegen Brot, Butter, Eier und Mehl einzutauschen. Auch per Bahn, in überfüllten Hamsterzügen, waren sie unterwegs, bis in die Fränkische Schweiz, von wo sie manchmal einen Korb voll schwarzer, süßer Herzkirschen mitbrachten. Da war der Jubel groß. – Ende März 1948 wurde ich konfirmiert. Immer noch herrschte Lebensmittelknappheit. Doch dank der Organisationserfolge meiner Schwestern ist es meiner Mutter gelungen, ein festliches und reichliches Konfirmationsessen zu zaubern. Nach seiner Heimkehr aus englischer Kriegsgefangenschaft war mein Vater Plakatmaler bei den Amis, die in Unterfürberg, einem Vorort von Fürth, stationiert waren. Von dort brachte er oft leckere Sachen mit, wie Porridge, Eispulver und duftende, kleine gebackene Pfannkuchen. Wir Kinder waren auch zur großen Weihnachtsfeier der amerikanischen Soldaten in ihren Familien eingeladen, was in schöner Erinnerung bleibt.

Die Kälte im Winter setzte uns sehr zu. Heizmaterial »Hulz & Kulln«, wie die Fürther sagen, waren rar. *Ein* Zimmer in der Wohnung wurde geheizt mit Briketts, Eierkohle, selten Anthrazit und Holz. Das Bad, ohne Heizung, hatte nur einen Gasboiler für Warmwasser. 1947 war ein extrem kalter Winter. Wir gingen mit dicken Socken, warmen Unterhosen und Kopftüchern ins Bett, verfügbare Decken oder Mäntel noch oben drauf.

Trotz alledem, unser Leben und Auskommen regelte sich irgendwie. Das Wichtigste: Wir waren zusammen, bis auf meinen Bruder, der noch fehlte. Es gab keinen Fliegeralarm, keine Luftangriffe, keine Tiefflieger, die auf Passanten schossen, und kein Geschützfeuer mehr.

Ende 1947/Anfang 1948 wurde ich sehr krank, wog nur noch 37 Kilo, kam ins Kinderspital, wo ich monatelang mit Aufbaupräparaten behandelt wurde. Allmählich erholte ich mich wieder.

Im Jahr 1947 kam von meinem Bruder Achim ein erstes Lebenszeichen: ein paar Zeilen auf einer braunen Postkarte aus russischer Gefangenschaft in Sibirien. Anfang 1950 kam er mit einem der Gefangenentransporte aus Russland über das Lager Friedland nach Hause, inzwischen 29 Jahre alt; mit 18 ging er zum Arbeitsdienst. Durch die Strapazen – unter anderem bei 40 Grad Kälte beim Gleisbau zu arbeiten – und all die Entbehrungen, Verletzungen und Beschädigungen der Persönlichkeit, die in einem Gefangenenlager passieren, war er schwer krank. Er litt an Gelbsucht und war lungenkrank. Bei mehrmaligen Kuraufenthalten konnte er sich weitgehend erholen. Wir erfuhren von ihm, dass er mit seiner Einheit in Jugoslawien von den Engländern gefangengenommen worden war. Die Soldaten waren erleichtert, dass ihr Gefangenentransport nach Westen gehen würde. Während der Fahrt mussten sie mit Entsetzen erkennen, dass sie unumkehrbar in Richtung Osten fuhren. Die Engländer hatten den Russen die deutschen Soldaten überlassen.

Am 21. Juni 1948 brachte die Währungsreform die Wende. Die bisherige Reichsmark wurde zur Deutschen Mark, Umtauschkurs zehn zu eins. Die Ersparnisse der Menschen wurden durch den hohen Umtauschsatz minimiert, was Bitterkeit auslöste, besonders bei denen, die sich mühsam etwas erspart hatten. Nun waren, buchstäblich über Nacht, die Regale in den Geschäften gefüllt. Man staunte, wie so etwas möglich war. Für Geld, wenn man es hatte, war nun fast alles zu haben.

Helga Geyer
Ins Stammbuch geschrieben.
Nürnberg 1946

Wir Kinder sehnten den Frühling herbei, um schon beim kleinsten Sonnenstrahl die kratzigen langen Strümpfe endlich heimlich herunterzurollen, sobald wir aus dem Blickfeld der Eltern waren. Es fing an zu grünen und unsere fünf Kätzinnen sollten bald Nachwuchs bekommen. Die Rotschwänzchen bauten ihr Nest im Briefkasten neben dem großen Eingangstor, sodass, wie jedes Jahr, ein Ersatzbriefkasten angebracht werden musste. Endlich lag eines Tages eine Postkarte von Onkel Fred darin, auf die wir alle so gewartet hatten. Viele Male haben wir seit diesem Tag auf dem Weg, auf dem er aus französischer Gefangenschaft kommen musste, Ausschau nach ihm gehalten. Das Gebetbuch, das er aus französischer Gefangenschaft mitbringen sollte, bewahre ich heute noch auf.

Der Übertritt ins Gymnasium stand bevor, aber auch die Auflösung unseres Klassenverbandes in der Volksschule, in den wir uns im Sommer 1945 wieder langsam eingefunden hatten. Die meisten Mädchen aus der ersten Klasse 1942/43 waren nach Beendigung des Krieges aus der Kinderlandverschickung wieder in unseren Nürnberger Schulsprengel zurückgekehrt. Die rotzfreche Mathilde, die ihr Handarbeitsköfferchen auf dem Schulweg mit den Füßen vor sich herschob, Edith, das Schneewittchen mit der zarten weißen Haut und dem rabenschwarzen Haar, und Liselotte mit ihrem trockenen Humor. Mehrere Mädchen von Flüchtlingsfamilien haben unseren Klassenverband verstärkt, sodass wir nun 54 Schülerinnen waren. Die vierte Klasse sollte für viele zum Prüfstein für eine weiterführende Schule werden. Oft hörten wir so konzentriert zu, dass man eine Stecknadel hätte fallen hören. Wer wollte, konnte sich bei unserer Klassenlehrerin in Vierergruppen auf die Aufnahmeprüfung vorbereiten. Wir büffelten den Nominativ, den Genitiv, den Dativ und den Akkusativ, das Kleine Einmaleins vorwärts und rückwärts, wir konnten es im Schlaf. Wir waren gerüstet. Bevor es im September losging, waren erst einmal große Ferien mit viel Sonnenschein. Im schlimmen Hungerjahr 1946 traf mich die Brotknappheit am härtesten.

Unser Garten war ein Sommerparadies. Am langen Maschendrahtzaun, entlang einer Gartenkolonie, hingen die reifen, süßen, goldenen, bepelzten Stachelbeeren zu uns herüber. Barfuß, nur mit Turnhose und Hemd, legte ich mich auf die von der Sonne erwärmte Erde in die Ackerfurchen und pflückte von den herüberhängenden Zweigen Beere um Beere, um sie zwischen Zunge und Gaumen zu zerdrücken. Rings um mich wuchsen die vom Großvater schon in aller Herrgottsfrühe gegossenen Feldfrüchte. Kohlrabi, Lauch, Kopfsalat, Erbsen, Bohnen, Gurken, Weißkraut, das im Herbst ins Holzfass gehobelt, gesalzen und mit Kümmel bestreut, im Winter zu köstlichem Sauerkraut wurde.

Zum Schulanfang gab es neue Kleidung. Nach der Devise *Aus Zwei mach Eins oder umgekehrt.* Aus einem blau-rot karierten Faltenrock meiner Cousine und einer blauen Dirndlschürze schniederte mir meine Mutter ein hübsches Winterkleid mit weißem Bubikragen. Das größte Problem aber waren die Schuhe. Meine älteren Cousinen und Cousins, von denen ich Schuhe erben sollte, hatten ihr Schuhwerk arg strapaziert. Großvater rettete sie vor dem Auseinanderfallen.

Der Weg zur Maria-Ward-Schule war weit. Lange musste ich mit der Straßenbahn fahren. Neu für uns war der Englisch-Unterricht. Für große Heiterkeit sorgte das englische th. Unsere Englischlehrerin ließ uns das th mit uns bekannten deutschen Worten üben, allerdings mit dem englischen th. So riefen wir fast eine ganze Stunde im Chor: Thrommler – thrommle – thüchtig.

Der Herbst war schon fortgeschritten, als ich beim Spielen plötzlich meinen Onkel Fred auf uns zukommen sah. Nach ein paar Wochen Erholung machte er sich nach Magdeburg auf, um seine Braut zu holen. Ich hatte sie noch nicht kennengelernt, weil ich auf dem Land zur Kinderlandverschickung gewesen war.

Der Winter war eisig. Die Schülerinnen der Maria-Ward-Schule wurden angehalten, Briketts oder Holz mitzubringen. Oft saßen wir Schülerinnen bei großer Kälte in unseren abgetragenen, schon dünn gewordenen Wintermänteln auf unseren Plätzen, zitterten vor Kälte und warteten sehnsüchtig auf die mittägliche Schulspeisung, die uns von den Quäkern aus Amerika gespendet wurde.

Mit unseren Henkeltöpfchen aus Aluminium oder Emaille stellten wir uns in einer langen Schlange an, um etwas Erbsen- oder Maissuppe zu bekommen. Für viele Schülerinnen war dies die einzige warme Mahlzeit am Tag.

Der letzte Tag des Jahres 1946 neigte sich dem Ende zu. Mattes Licht drang durch die Sprossenfenster vom Wohnzimmer hinaus in die Nacht. Nach so vielen Jahren Verdunkelungspflicht eine Wohltat. Kein Bombengeschwader würde mehr im Anflug sein. Noch hatten wir keinen Strom. Die einzige Lichtquelle war die messingfarbene Hängelampe, die mit Spiritus gespeist wurde. Am Silvesterabend 1946 brannten noch einmal die selbst gezogenen Wachskerzen am Christbaum. Während Großvater im Amtsblatt der Militär-Regierung Deutschland, Ausgabe für Nürnberg, las, spielten wir, Großmutter, Mutter und Kind, aus der schon abgenutzten Spielesammlung Halma, das ich besonders liebte. Plötzlich war von der Tür her das typische Poltern vom Abklopfen der Winterstiefel zu hören. Onkel Fred und Tante Anne waren da!

Hermann Glaser
Nachmittagsspaziergang

Mein Vater nahm mich fest bei der Hand, wohl auch, damit es etwas schneller ginge, denn er wollte rechtzeitig zurück sein zum Nachmittagskaffee. Es muss aber schon ganz dunkel gewesen sein; der Weg gefroren; Schneereste, der Winter war früh gekommen. Die Sterne waren alle Sonnen, weit weg, unendlich weit weg, Lichtjahre, weißt du, das Licht legt dreihunderttausend Kilometer in der Sekunde zurück – Wunder des Kosmos; das Buch bekam ich zu Weihnachten. Wir gingen zum Schlossberg, den Hohlweg hinauf, der Mond im Aufgehen; es muss also doch schon abends gewesen sein. Ob dort Menschen wohnen? Ich zog die Zehen wohlig in den großen Stiefeln ein, hatte ein paar Socken noch über den Strümpfen, das hielt warm, zwei Stunden auf jeden Fall. Ich spürte, was Unendlichkeit war; aber die Schönheit des Weltalls betraf mich eigentlich nicht so recht. Die Kälte, die als Ostwind und von den Sternen hereinwehte, vermochte der inneren Wärme nichts anzutun. Mein Vater wies mit der rechten Hand auf allerlei Sternbilder, während er mich mit der linken weiterzog.

Jedenfalls tranken wir, als wir zu Hause waren, Kaffee und aßen butterbestrichenes Brot, auf das wir dickes Brombeergelee tropften – das Abendessen mag ausgefallen sein, wir kamen spät zur Mutter zurück. Sie sei schon etwas besorgt gewesen. Das Weltall. Ich kämpfte mit dem dicken Brot. Denn dick mussten die Brote sein, sonst wäre doppelter Aufstrich (Butter und Gelee) Sünde gewesen. Brombeergelee war freilich genug da. Die Frauen verbrachten ganze Tage im Dickicht, pflückten die Beeren, tranken Pfefferminztee. Die Nacht dunkel wie Brombeeren; es wird schneien; ich zog die Decke bis zu den Ohren und blickte in die Unendlichkeit hinaus.

Die Bombenschützen müssen sich zunächst auf die Eckhäuser konzentrieren; optimal ist es, wenn Schuttkegel am Eingang und am Ausgang jeder Straße entstehen. Die Falle ist dann zu, wenn die Häuser zu beiden Seiten der Straße brandmäßig behandelt werden. Brandkanister, Stabbrandbomben usw. Dann die dritte und vierte Welle, wieder sprengmäßig, dann brandmäßig. Das gibt ein Querraster, das eine erfolgreiche Abwicklung des Angriffs garantiert. Auch müssen die Dächer durch Sprengbomben weggehoben werden, da es dann drunter erst richtig brennt. Sonst gibt's keinen Flächenbrand, keinen Feuersturm.

Ach, das war ganz fern. Ich schlief fest. Die Bombengeschwader, die hoch droben dahindröhnten, hörte ich nicht mehr.

Sommeridyll

Schön war's hinterm Haus; schon morgens große Hitze, aber unter dem Apfelbaum war der Schatten dicht. Vater las in der Zeitung den Wehrmachtsbericht – planmäßige Absetzbewegungen, der Feind hätte hohe Verluste. Von fern ein metallenes Surren. Aufs Brot strich man sich Birnengelee; einige Wespen waren im Sirup erstickt. Noch etwas Milch. Das Surren ist stärker geworden. Im Garten nebenan werden dicke grüne Bohnen abgeerntet; im Sägewerk macht man Vesper; die Bierflaschen knacken auf. Die Katze hat wieder Junge. Die Wälder auf den Höhen zeigen schon einen leichten Farbschimmer; das Obst duftet. Allerdings essen wir meist nur angefaulte Äpfel und Birnen, weil das Lagerobst immer aussortiert werden muss und man deshalb zum guten Obst nie kommt. Letzte Ferientage. Am Himmel einige Wolkenschäfchen. Planmäßiger Rückzug unserer siegenden Truppen; weit im Osten, aber nicht mehr so weit, stehen sie auf Wacht. Auch die Alliierten sind von der Normandie aus nicht so weit vorgedrungen, wie sie nach ihren Plänen hatten vordringen wollen. Der Zeitungskommentar sagt, dass wir noch nie dem Sieg so nahe waren; man muss nur – tönt Goebbels – danach greifen. Die Tomaten sind schön rot; einige sind von einem Pilz befallen. Unterm Zwetschgenbaum liegen Früchte zuhauf; sie werden aufgeklaubt für den dünnteigigen, safttriefenden Kuchen, der zudem mit Streuseln bedeckt ist. Zucker freilich ist knapp, aber es gibt im landwirtschaftlichen Betrieb gute Tauschmöglichkeiten. Die Hälfte der Aussteuer, die nun schon zwanzig Jahre gehalten hat, gibt meine Mutter dosiert an bäuerliche Verwandte, die sich mit Speck und Eiern revanchieren. – Kein Surren mehr. Dröhnen. Nun ziehen sie glitzernd in geordneter Formation über uns hinweg – die alliierten Riesenvögel – eine Welle nach der anderen. Im Feuilleton ist eine schöne Geschichte von einem blutjungen Ehepaar abgedruckt, das im Osten siedelte, obwohl die spießigen Eltern es nicht wollten. Und wie dort nun – jedes Jahr ein neues Kind – die Jugend in herrlicher

Freiheit aufwächst und das Blut sich verjüngt. Nebenan werden nun Buscherbsen geerntet; inzwischen hat die letzte Formation das Blickfeld verlassen; das Surren wird leiser. Nun ziehe ich mich in die Laube zurück und lese den »Kampf um Rom«.

Die Amis sind da

Die amerikanischen Panzer erreichten den mainfränkischen Ort, in dem ich mit meiner Mutter evakuiert war, Anfang April 1945. Tagelang waren die deutschen Truppen auf der Flucht nach Süden, Richtung »Alpenfestung«, durchgezogen. Der Endsieg sei nah, verkündeten die Nazis noch immer. Wir fanden Aufnahme in einem Bauernhaus etwas außerhalb, da man befürchten musste, dass der Ort zusammengeschossen würde. Die örtlichen Parteispitzen setzten sich in Zivil ab – mit Fahrrad, Motorrad, Auto. Einige Stunden Kampflärm, dann Ruhe. Wir gingen ins Städtchen zurück und schwenkten eine weiße Fahne. Überall standen Jeeps; aus den Fenstern schauten vorwiegend schwarze amerikanische Soldaten. Auf der Straße ging es recht lebhaft zu. Die Kinder bekamen Kaugummi und Schokolade; die Kampftruppen kümmerten sich nicht ums Fraternisierungsverbot. Zum provisorischen Bürgermeister wurde einer eingesetzt, der einmal in Dachau gewesen war. In unserer Wohnung Besatzung; Offiziere; einer sprach Deutsch. Als wir ankamen, blätterte er in einem Karl-May-Band, den er aus dem Bücherschrank mit den Glasschiebetüren gezogen hatte. Meine Mutter fragte, nachdem sie mit hausfräulich-kritischem Blick die Situation einige Zeit beäugt hatte, ob die Herrn Offiziere nicht mit dem nebenstehenden leeren Zimmer, in das sie einen Tisch und Stühle stellen würde, vorlieb nehmen könnten; wenn sie sich nämlich mit ihren Stiefeln und Uniformen im »guten Zimmer« mit den vielen polierten Möbeln längere Zeit aufhalten würden, wären Kratzer nicht zu vermeiden. Man war damit einverstanden.

Im Nachhinein stelle ich mir die Mutter des norddeutsch, also für uns ein sehr gepflegtes Deutsch sprechenden jüdischen Offiziers vor; wie sie Ernest stets zum sorgfältigen Umgang mit den Möbeln ermahnt hatte, denn sie hatten viel Geld gekostet; nach Wisconsin durfte Frau Bernstein freilich kaum etwas mitnehmen, als sie mit Mann und Kind 1939 noch fliehen konnte. Aber vielleicht hatte sie gar nicht fliehen können. Sorgfältig hatten sie und ihr Mann das

Köfferchen gepackt, als sie zum Transport in den Osten abgeholt wurden. Über die Polstermöbel weiße Tücher gebreitet, damit sie durch Sonneneinstrahlung nicht vergilbten. Aber vielleicht war sie doch noch entkommen. Ernest nahm den Karl-May-Band mit ins leere Zimmer. Dort könnten die Herren Offiziere, meinte meine Mutter, auch nach Belieben rauchen; sie stellte einen Aschenbecher (aus Metall, beim Runterfallen würde er nicht zerbrechen) zur Verfügung.

Margit Hartung
Die Puppe

An jenem Tag im November 1946 empfing uns heftiger Regen und kalter Wind vor der Tür des Kindergartens. Meine Mutter zog meinem Bruder und mir die Kapuzen fester über die Ohren und machte sich mit uns auf den Heimweg. Dunkel wurde es auch schon. Der Weg erschien uns heute besonders lang.

Plötzlich, neben einem Abfalleimer, sah ich sie liegen: eine Puppe!

Viel war von ihr nicht mehr übrig.

Mein Herz schlug fast hörbar. Sie hatte noch ihr Gesicht, der Hinterkopf fehlte. Jetzt besah sich Mutter die Puppe näher.

Vom Körper war noch ein Stück von der linken Seite vorhanden und ebenso das linke Bein. Ich wartete mit großer Anspannung darauf, was meine Mutter tun würde. Mit spitzen Fingern nahm sie den Puppentorso und wickelte ihn in ihr Taschentuch. Oben, auf der vollen Einkaufstasche, war noch Platz für unseren Fund.

»Ich will mal sehn, was ich tun kann«, murmelte sie.

Zu Hause säuberte und wusch sie die Puppe erst einmal gründlich. Aus hellem Stoff nähte sie ihr einen Körper und aus brauner Wolle strickte sie ihr Strümpfe. Da die Puppe nur ein Bein hatte, bekam sie so ihr zweites Bein und hatte nun ein weiches und ein hartes. Mutti nähte der Puppe noch ein blau-weiß kariertes Kleid und strickte ihr ein Jäckchen.

Jetzt hatte ich eine eigene Puppe und meine große Schwester Irene somit keinen Grund mehr zu jammern, denn Mutti brauchte mir nicht mehr deren Puppe Brigitte zu geben.

In späteren Jahren bekam ich noch schöne Puppen aus dem Kaufhaus geschenkt, aber nie werde ich diese erste, zusammengeflickte Puppe vergessen.

Reinhild Hartwig
Alles für die Katz

Es war einer jener trüben, nasskalten und windigen Tage, an denen es nicht richtig hell wurde und die meisten Menschen froh waren, wenn sie nicht aus dem Haus mussten. Der Wind pfiff durch die Gassen und trieb dunkle Regenwolken vor sich her. Johanna sah aus dem Fenster auf das holperige Kopfsteinpflaster der Straße. Unten hockte Karli an der Rinnsteinkante und starrte reglos auf ein Abflussrohr, das vom Nachbarhaus auf die Straße mündete. Was machte er eigentlich dort unten? Ihr Kleiner hatte doch sonst nicht so viel Ausdauer, schon gar nicht, wenn keine anderen Kinder auf der Straße spielten. Johanna wandte sich vom Fenster ab und sah auf die Uhr. Gleich würden die Großen aus der Schule kommen. Ihr Magen knurrte. Sie ging zum Herd und rührte die Suppe um. Viel gab es da nicht zu rühren. Vielleicht sollte sie noch ein bisschen Wasser zugeben. Ach nein, lieber nicht. Die Suppe war sowieso schon viel zu dünn. Satt wurden die Kinder davon nicht. Heute könnte sie Richard zu Hartmanns zum Topfauskratzen schicken. Dann würde wenigstens eines ihrer Kinder satt und zu Hause hatte sie einen Esser weniger.

Johanna warf einen Blick zum Küchenfenster hinaus. Hoffentlich regnete es nicht, bevor die Kinder zu Hause waren. Claudius und Wilhelm hatten nur Sandalen an, Richard nur Turnschuhe und die Mädchen besaßen nicht einmal Jacken.

Tiger, der grau gestreifte Kater, saß lauernd auf dem Fensterbrett und fixierte den gegenüberliegenden Holunderbaum, in dem sich Spatzen, Amseln, Meisen und Kleiber tummelten. Johanna musste unvermittelt an die Worte Frau Nachtrabs denken: »Wie kann man sich nur in der heutigen Zeit, in der man nicht einmal weiß, was man den Kindern am nächsten Tag auf den Tisch bringen soll, ein Haustier halten.« Johannas Blick streifte Tiger. Verhungert sah er nicht aus. Sein Fell glänzte im matten Tageslicht. Er fand immer etwas zum Fressen. Er war ein richtiger Straßentiger, streunte Nacht für Nacht durch die Hinterhöfe und über

die Dächer und kam meistens im Morgengrauen mit einer Maus oder manchmal mit einem Vogel im Maul von seinen Streifzügen zurück. Vom Treppenaufgang hörte sie Poltern. Das war bestimmt Karli. Stürmisch riss der Junge die Tür auf. »Was machst du denn die ganze Zeit da unten?«, fragte sie ihren Jüngsten. Seine Backen glühten und er rieb sich die klammen Hände. »Mutter, ich hab' so 'n Hunger. Wann gibt es denn endlich was zu essen?«
»Gleich, wenn die Großen da sind.«
»Hoffentlich regnet es bald«, sprudelte Karli heraus.
»Wieso denn?«, wollte Johanna wissen, während sie die dünne Suppe erneut umrührte.
»Na, wegen des Apfels, der bei Müllers im Hof in der Rinne liegt. Wenn es regnet, schießt er mit dem Wasser durch die Abflussrinne auf die Straße. Dann gehört er mir. Mutter, ich hab' schon so'n Hunger.«
Johannas Magen krampfte sich zusammen. Sie wusste nicht, kam es vom eigenen Hunger oder weil sie Karli außer dem dünnen Wassersüppchen nichts vorsetzen konnte. Vielleicht sollte sie Karli statt Richard heute zu Hartmanns zum Topfauskratzen schicken. Ach nein, Karli bekam auch von den Leupolds öfter einmal etwas zugesteckt und konnte bei ihnen immer wieder mal mittags mitessen, während sich Richard nur bei Hartmanns satt essen konnte. Er war das schmächtigste ihrer Kinder, während Karli zwar immer am lautesten krähte, aber von allen am ehesten etwas zugesteckt bekam.
Die Tür wurde erneut aufgerissen und fünf ihrer Kinder stürmten herein. »Was gibt's denn?«, war ihre erste Frage.
«Wascht euch erst einmal die Hände und setzt euch. Suppe gibt's.«
»Sonst nichts?«, fragten Claudius und Hermine wie aus einem Mund.
»Es ist nichts anderes da. Aber in vier Tagen ist der Erste, dann gibt's neue Lebensmittelkarten. Ist Richard gleich zu Hartmanns gegangen?« Claudius nickte. Johanna schüttete die Suppe in die große Terrine und stellte sie auf den Tisch. Wenn sie sonst schon nichts zu bieten hatte, aber auf einen ordentlich gedeckten Tisch und Tischmanieren legte sie Wert. Jedes ihrer Kinder bekam eine Kelle der dünnen Gemüsesuppe. Ehe sie sich's versehen hatte, waren die Teller leer. »War das alles?«, wollte ihr Ältester wissen

und während sich die Mutter ihm zuwandte, versuchte Karli seinen Teller auszuschlecken.

»Lass das, Karli«, rief Mutter ihm zu.

»Wer ist heute mit Topfauskratzen dran?«, wollte Hermine wissen.

»Ich« schrie Wilhelm.

»Du warst doch erst gestern dran«, empörten sich die Zwillinge Margarete und Anna wie aus einem Mund.

»Hast du gar kein Stückchen Brot mehr im Haus, Mutter?«, wollte Claudius wissen.

»Nein, vielleicht bringt Richard heute Nachmittag Brot von Hartmanns mit, falls die Lieferung aus Kuhschnappel kommt.«

Claudius sprang auf. »Ich geh' mal zu Hartmanns, Richard abholen«, und schon stürmte er zur Tür hinaus.

Johanna warf einen Blick nach draußen. Der Himmel war grau und Nieselregen trübte die Sicht zum Holunderbaum. Tiger hatte sich auf dem Sofa zusammengerollt und schlief.

Johanna ging zum dritten Mal an diesem Tag in Leonhards Zimmer, um nachzusehen, ob nicht im unteren linken Fach des Sekretärs noch etwas aus einem Westpäckchen zu finden war, irgendetwas Essbares. Sie räumte den ganzen Schrank aus, aber außer ein paar alten Briefen kam nichts zum Vorschein. Tränen rollten ihr über die Wangen. Leonhard, dem sie oft das letzte halbe Brot in die Gefangenschaft nachgeschickt hatte, während sie nicht gewusst hatte, wie sie die Kinder satt bekommen sollte. Wie oft hatte er geschrieben: »Hast du nicht noch ein Stück Brot für mich?« Immer wieder hatte sie sich von seinen Briefen erweichen lassen und ihm die letzten Brotmarken geopfert. Vielleicht war er ja am Verhungern, hatte noch weniger zu essen als sie. 1947 war er dann aus der Kriegsgefangenschaft zurückgekommen, nicht, wie sie gedacht hatte, ausgemergelt und halb verhungert. Nein, eigentlich hatte er gut genährt ausgesehen, während sie morgens beim Haarekämmen schon nicht mehr in den Spiegel hatte schauen mögen, sah ihr doch stets ein ausgemergeltes, viel zu schmales, blasses Gesicht mit hervorstehenden Backenknochen und tief in den Höhlen liegenden Augen entgegen. Die vielen Schwangerschaften und der ständige Kampf um das tägliche Brot hatten an ihr gezehrt. Früher hatte Leonhard sie stets stolz seinen Freunden vorgestellt: eine schlanke, dunkelhaarige, rassige junge Frau mit einer volltönenden Stimme, deren Gesang ein ganzes Kirchenschiff auszufüllen vermochte.

Eines Tages, Anfang der 50er-Jahre, hatte Leonhard verkündet, dass er für 14 Tage eine Reise in den Westen antreten werde. Er müsse mal raus, brauche Tapetenwechsel, frische Luft. 15 Tage hatten die Kinder vergebens auf die Rückkehr des Vaters gewartet. Tagelang hatten sie sich den Kopf darüber zerbrochen, was ihnen der Vater wohl aus dem Westen mitbringen würde. Doch mit jedem Tag, der verging, ohne dass er zurückkam oder sich meldete, war ihre Hoffnung auf seine Rückkehr gesunken. Nach 22 Tagen des Wartens war es zur Gewissheit geworden: Leonhard kam nicht mehr zurück. Er hatte sich entschlossen, im Westen zu bleiben.

Johanna wischte wütend die Tränen von den Wangen und verließ das Zimmer.

Sie hörte, wie Karli aus der Küche rief: »Ich geh' zu Leupolds.« Sie setzte sich ans Klavier und übte die Stücke für den morgigen Gottesdienst. Es war ein Segen, dass ihr die Gemeinde nach Leonhards plötzlichem Verschwinden eine Kantorenstelle angeboten hatte.

Am Spätnachmittag tauchten Richard und Claudius wieder auf. Richard streckte ihr stolz ein Kastenbrot entgegen. »Die Lieferung aus Kuhschnappel ist heute Mittag gekommen. Hartmanns haben ihre letzten Brotmarken dafür hergegeben.« Schon wieder schossen ihr Tränen in die Augen. Sie wusste nicht, wie sie die Kinder bisher ohne die Freunde hätte durchbringen sollen. Für heute war das Abendbrot gesichert.

Sie entdeckte noch einen Rest Marmelade und ein paar Senfgurken in der Speisekammer. Schon ab 17 Uhr quengelten Hermine, Clara und Claudius, dass es doch bald Abendbrot geben müsste. Johanna bestand darauf, dass sie noch auf Karli warteten. Ihr Kleiner trudelte um halb sechs ein, in der Hand eine Milchkanne, die er ihr freudestrahlend entgegenhielt. Sie roch es schon von Weitem: Fleischbrühe! »Mutter, Leupolds haben geschlachtet. Du sollst heute Abend rüberkommen. Sie haben was für dich«, verkündete Karli. Jedes der Kinder bekam eine Tasse Fleischbrühe und eine dicke Scheibe Brot.

Tiger, der den ganzen Nachmittag zusammengerollt auf dem

Sofa gelegen hatte, sprang mit einem Satz zu Karli und strich ihm um die Beine. Nach dem Essen setzte sich Karli zu Tiger auf den Boden und kraulte den Kater hinter dem Ohr. Tiger, der selten die ungeteilte Aufmerksamkeit der Kinder erhielt, schmiegte sich an Karli und schnurrte. »Du riechst die Fleischbrühe, stimmt's? Ich kann dir aber nichts geben, sonst schimpft Mutter.« Tiger ließ nicht locker. Mit eingezogenen Krallen streckte er seine Pfote immer wieder Karli entgegen. Der Kleine wühlte seine Hände in Tigers dickes, vom Schlaf noch warmes Fell.

Es war schon dunkel, als Johanna sich auf den Weg zu Leupolds machte. Obwohl es stockfinster war, die Stromsperre dauerte länger als sonst, folgte sie blindlings dem ihr vertrauten Weg. Wie oft hatte sie das kurze Stück Weg schon zurückgelegt. Sie wusste, dass Leupolds nicht darben mussten, aber selbst mehrere Münder zu stopfen hatten. Frau Leupold empfing sie freundlich. »Ihr Karli wird's Ihnen schon ausgerichtet haben«, begann sie. »Wir haben geschlachtet. Sie können sicher für morgen ein Stück Sonntagsbraten brauchen.« Sie reichte Johanna ein großes, in graues Packpapier eingewickeltes Stück Fleisch und ein kleines Leinensäckchen mit Kartoffeln. Leichte Röte überzog Johannas Gesicht. »Lassen Sie nur«, fiel Frau Leupold ihr ins Wort, als Johanna sich bedanken wollte. »Sie können 's doch brauchen bei so vielen Münder. Der Karli ist uns immer willkommen.« Johanna schüttelte ihr wortlos die Hand.

Beim Heimgehen spürte sie den jetzt heftiger einsetzenden Regen kaum auf der Haut, aber der Gedanke an den Apfel in Nachbars Hof, der jetzt in der Nacht vielleicht irgendwann durch das Abflussrohr schießen würde, beschäftigte sie. Gleich morgen früh würde sie Karli auf die Straße schicken, zeitig genug, bevor die ersten Leute zur Kirche gingen. Ach was, erinnern musste sie ihn nicht. Wenn es etwas zu essen gab, vergaß Karli seine Vorhaben nie. Sie beschloss, noch abends das Fleisch zu braten, wusste sie doch, dass sie am kommenden Vormittag in der Kirche Orgel spielen und singen musste und keine Zeit für die Vorbereitung des Mittagessens haben würde.

Während der Braten im Topf brutzelte und sein Duft viel versprechend durch die Wohnung zog, wurde ihr übel. Das war sicher die ungewohnte, fette Fleischbrühe, ging es ihr durch den Kopf. Sie schnitt sich zögernd noch ein dünnes Scheibchen Kastenrot ab, um die Übelkeit zu bekämpfen. Nach Mitternacht kletterte sie auf die Lehne des Küchensofas und schob den zugedeckten Bratentopf oben auf den Küchenschrank, ganz weit nach hinten, sodass ihn die Kinder nach dem Kirchgang nicht sofort sehen würden. Dann ging sie zu Bett.

Am nächsten Vormittag musste sie während des Orgelspiels in der Kirche ständig an das Mittagessen denken. Endlich würden sich die Kinder mal wieder richtig satt essen können. Dankbar dachte sie an Frau Leupold.

Gleich nach dem Heimkommen setzte sie die Kartoffeln auf und kletterte auf die Sofalehne, um den Braten vom Küchenschrank zu holen. Sie tastete nach dem Topf. Der Deckel fehlte! Alarmiert griff sie nach der Kasserolle und hob sie hinunter. Schon beim Heben des Topfes wusste sie, was sie erwarten würde. Der Topf war fast leer, nur die Bratensoße und ein paar kümmerliche Restchen des ehemals knusprigen, goldbraunen Bratens bot sich ihren Blicken. »Du Miststück«, schrie sie und stürzte sich auf Tiger, der bis dahin in dem alten Ledersessel am Fenster gelegen und sich unaufhörlich geputzt hatte. Mit einem Satz sprang er in Richtung Wohnzimmer. Ehe sie ihn zu fassen bekam, war er unter dem großen Notenschrank verschwunden.

Kriegsende und Flucht
Interview mit Frau O.

INTERVIEWER: Wie haben Sie das Kriegsende erlebt?
FRAU O.: Ich war zu dieser Zeit in der Rüstungsindustrie in Mariental beschäftigt. Plötzlich kamen Trecks, Gefangene und Flüchtlinge vorbei. Als ich hörte, dass der Krieg zu Ende ist, fuhr ich nicht mehr zur Arbeit, sondern blieb zu Hause. Kurz darauf kamen die Russen in unseren Ort. Es war eine turbulente Zeit.

INTERVIEWER: Wie alt waren Sie damals?
FRAU O.: Ich war 18 Jahre.

INTERVIEWER: Was haben Sie nach dem Einmarsch der Russen gemacht?
FRAU O.: 14 Tage nach dem Einmarsch der Russen ging ich zu einem tschechischen Bauern arbeiten. Er hatte eine Landwirtschaft und ein Sägewerk. Viele Deutsche mussten dort arbeiten.

INTERVIEWER: Hatte das jemand angeordnet?
FRAU O.: Das kam von oben. Wir mussten unentgeltlich arbeiten. Ich habe anderthalb Jahre bei den Tschechen gearbeitet.

INTERVIEWER: Wie ging es weiter?
FRAU O.: Mein Mann schrieb mir aus der Gefangenschaft, dass er nach Hause, das heißt nach Oberschlesien kommen würde. Meine Tante schickte mir die Post meines Mannes. Ich war erst fünf Monate mit ihm verheiratet und er hatte mir schon einige Briefe geschickt, die die Gemeinde aber an ihn zurückgeschickt hatte, weil ihnen mein Ehename nicht bekannt war. So hatte ich monatelang nichts von ihm gehört. Erst durch den Brief meiner Tante erfuhr ich, wo mein Mann sich gerade aufhielt. Ich konnte ihn aber nicht besuchen, weil er nach der englischen Gefangen-

schaft zu seiner Mutter nach Oberschlesien, das inzwischen zu Polen gehörte, zurückgekehrt war. Da er keine polnische Staatsangehörigkeit besaß und ich keine tschechische, konnten wir uns nicht besuchen. Ich stellte deshalb einen Ausreiseantrag zu meiner Tante nach Deutschland. Inzwischen waren schon zahlreiche Trecks mit Flüchtlingen unterwegs.

INTERVIEWER: Wurde Ihrem Antrag stattgegeben?
FRAU O.: Ich musste binnen 48 Stunden den Ort verlassen und mich ins Sammellager Weißkirchen begeben. Nach drei Tagen im Lager wurden alle jungen Leute zusammengefasst und mit einem Bus nach Römerstadt gefahren. Dort mussten wir wieder unentgeltlich bei einem Bauern die Ernte einbringen. Nach sechs Wochen Erntearbeit wurde wieder ein Zug mit Jung und Alt in Viehwagons verladen. Wir wurden nach Eger gefahren und dort auf ein Abstellgleis gebracht. Dort blieb der Zug zwei Tage stehen. Viele Leute, vor allem ältere, sind während des Transports gestorben. Es gab keine sanitären Anlagen und nichts zu essen. Wir erhielten lediglich Wasser. Von dort ging die Fahrt in Viehwagons nach Wertlau bei Zerbst, wo wir vier Wochen in Quarantäne bleiben mussten. Danach wurden wir über Nacht in einen Ort bei Magdeburg transportiert. Man brachte uns am 1. Oktober 1946 in einer Gaststätte unter. Viele ältere Menschen sind an seelischem Leid gestorben.

INTERVIEWER: Können Sie mir etwas über die Zeit nach der Flucht erzählen?
FRAU O.: Kurze Zeit war ich in dieser Sammelunterkunft untergebracht. Eines Tages wurden von einem in der Nähe gelegenem Gut junge Leute angefordert, und wir wurden gefragt, ob wir zum Kartoffellesen gehen wollten. Ich habe mich gemeldet. Als Lohn erhielten wir abends einen Korb voll Kartoffeln.

INTERVIEWER: Wie haben Sie diese Hungerzeit überlebt?
FRAU O.: Als junger Mensch habe ich nicht darüber nachgedacht, sondern nur gesehen, wie es jeden Tag weitergeht. Ich bekam ein Zimmer bei einer Frau zugewiesen, die eine große Wohnung hatte und davon ein Zimmer an Flüchtlinge abgeben musste. Am 1. Januar 1947 kam dann mein Mann aus Polen. Um in

unser Zimmer zu gelangen, mussten wir durch die Wohnstube der Vermieterin gehen. Das war sowohl uns, als auch der Vermieterin peinlich. Damit wir in den Wintermonaten eine warme Stube hatten, mussten wir Kohlen klauen. Wir marschierten also immer zum Güterbahnhof, wo Kohlenwagons abgestellt wurden. Oft hat uns die Polizei erwischt und wir mussten Strafe zahlen. Einmal musste ich in letzter Minute von einem anfahrenden Güterwagon springen. Mein Mann hatte inzwischen im Bergbau Arbeit gefunden und hat die Strafen bezahlt. Unsere Vermieterin hat im kalten Winter 1947 von unserem Kohlenklau profitiert. Wir mussten für sie mitklauen. Als es wärmer wurde und sie uns nicht mehr brauchte, verlangte sie, dass wir ausziehen sollten. Anfang Mai 1947 fanden wir ein anderes Zimmer, das mein Mann als »Ziegenstall« bezeichnete. Dort wohnten wir drei Jahre. Im September 1950 wurde unser erster Sohn geboren und Ende des Jahres bekamen wir eine möblierte Zwei-Zimmer-Altbauwohnung. Für jedes Möbelstück mussten wir monatlich 45 Pfennig Miete zusätzlich zur Grundmiete zahlen.

INTERVIEWER: Wie sind Sie und Ihr Mann in dieser Zeit finanziell über die Runden gekommen?
FRAU O.: Im Frühjahr 1947 hatte ich eine Arbeit bei einem Bauern gefunden. Er versprach mir, dass ich am Jahresende ein Deputat erhalten würde. Schließlich bekam ich ein Kilo Mehl, ein Stück Butter, einen Schweineschwanz und eine Tasche Kartoffeln. Das war alles nach einem Dreivierteljahr Arbeit.
    Die Tochter des Bauern sagte noch, dass wir uns Bohnen auf dem Acker eines zum Gutshof gehörenden Feldes pflücken könnten. Kaum hatte ich zwei Hände voll Bohnen gepflückt, erwischte mich der Feldhüter. Er nahm mich mit auf das Gut und dort sollte ich bei der inzwischen eingetroffenen Polizei 50 Mark zahlen. Ich hatte aber kein Geld. Ich bekam ja nur 45 Pfennig Stundenlohn. Als ich heimkam, musste ich einen Krach meines Mannes über mich ergehen lassen. Im Frühsommer 1948 gingen wir dann auf die Felder stoppeln, um Getreide, Kartoffeln und Zuckerrüben zu bekommen. Aus den Zuckerrüben kochten wir Sirup.

INTERVIEWER: Was ist Ihnen als besonders schreckliches Erlebnis aus dieser Zeit in Erinnerung?

FRAU O.: Die Zeit unter den Tschechen. Wir bekamen kein Geld, obwohl ich bei einem tschechischen Bauern im Sägewerk gearbeitet habe. Er war der Ansicht, freie Kost und Logis wären genug. So musste ich zu meiner Mutter, wenn ich etwas zum Anziehen oder Toilettenartikel brauchte. Während dieser Zeit kamen auch laufend russische Soldaten durch unsere Gegend und wir jungen Leute mussten uns auf dem Boden im Heu verstecken, weil wir Angst vor Vergewaltigung hatten, was tatsächlich häufig geschah. Einmal stand ich im Garten, als ein Russe auf mich zukam. Ich lief ins Haus des Bauern und bin von der Wohnstube aus dem Fenster im Parterre in den Garten gesprungen und habe mich hinter den Stachelbeersträuchern versteckt. Der Russe suchte zunächst im ganzen Haus nach mir, hatte aber nicht bemerkt, dass ich aus dem Fenster gesprungen war, weil ich das Fenster hinter mir etwas zugezogen habe.

INTERVIEWER: Gab es auch ein Erlebnis, an das Sie sich besonders erinnern?
FRAU O.: Als mein Mann ohne Vorankündigung bei mir auftauchte. Er war mit einem Transport aus Polen nach Hoyerswerda in Quarantäne gekommen und hatte mir geschrieben, dass ich dorthin kommen solle. Ich hatte aber kein Geld für die Reise. Unverhofft stand er an Neujahr 1947 plötzlich vor meiner Tür.

INTERVIEWER: Wie war das für Sie?
FRAU O.: Ja, wie war das für mich? Eine Freude, eine große Freude. Nun war ich nicht mehr allein.

Wenn ich jetzt darüber nachdenke, was wir damals alles erlebt und überstanden haben. Aber damals waren wir jung, da haben wir nicht darüber nachgedacht. Viele alte Menschen, die damals so alt waren wie ich heute, sind in dieser Zeit gestorben, einfach in ihren Betten erfroren, weil sie keine Kohlen hatten. Auf Marken gab es nur Braunkohlenschutt, der machte nicht warm. Wir klauten ja Steinkohle, die heizte. Aber die Alten lagen morgens einfach erfroren in ihren Betten.

Ingeborg Höverkamp
Eine Geburt auf der Flucht aus Oberschlesien. Januar 1945

Manfreds Mutter Hanna erzählt:
Im Januar 45 war strenger Frost, jeden Tag mehr als zwanzig Grad minus. Dazu der eiskalte Wind. Es war, als schleudere einem der Wind Eisnadeln ins Gesicht. Der Russe kam immer näher, manchmal, wenn der Wind günstig stand, hörten wir das Wummern der Kanonen. Und dann kam der Befehl: »Alle Deutschen raus aus Oberschlesien!« Mein Mann war an der Ostfront, wenige Wochen später wurde er verwundet, Knöcheldurchschuss. In größter Eile beluden wir drei Handwagen mit Kleidung, Federbetten und etwas Hausrat. Die meisten trugen noch Rucksäcke mit Verpflegung, die ein paar Tage reichen sollte. Du musst wissen, Felicitas, dass wir vierzehn Personen waren, aus drei Generationen. Unsere Väter, schon über sechzig Jahre alt, Geschwister, Tanten, Cousinen und unsere Kinder. Meine Tochter war die Jüngste, gerade eineinhalb Jahre alt. Sie saß oder schlief im Kinderwagen, eingemummt in eine Decke aus Kaninchenfell. Mitte Januar sollte mein zweites Kind geboren werden. Aus unserem Dorf waren es etwa dreihundert Menschen, die sich auf den Weg machten und hofften, auf einer Bahnstation mit dem Zug weiterreisen zu können. So sehr sich unsere Gruppe bemühte, zusammenzubleiben, ich konnte nicht Schritt halten und hatte Angst, sie im dichten Schneegestöber zu verlieren, nur mein Vater war stets an meiner Seite. Schon am zweiten Tag setzten meine Wehen ein. »Lauf, solang du kannst«, riet Rosa, die selbst drei Kinder hatte, »dann geht's einfacher mit der Geburt.« Am Nachmittag ging's nicht mehr. Große Beratung. Der Leiter unseres Trecks entschied, dass die übrigen Flüchtlinge weiterziehen sollten, nur meine Verwandten sollten bei mir bleiben. Die Angst vor den Russen war groß, vor allem die Frauen gerieten in Panik, die sich ja später als begründet erwies. Ein Teil meiner Verwandten wollte sich deshalb dem weiterziehenden Treck anschließen, doch dann gelang es un-

serem Familienoberhaupt, meinem Schwiegervater, alle zu überzeugen, dass es besser sei, zusammenzubleiben, denn die Gefahr, dass wir uns verlören, war greifbar nahe. Der große Treck zog weiter westwärts.

Wir gelangten in ein kleines schlesisches Dorf, das nur aus ein paar Höfen bestand. Von Haus zu Haus zogen wir und baten um Aufnahme für zwei Tage. Ein Bauer überließ uns schließlich seine Scheune. Mit dem Köder eines meiner Federbetten gelang es uns, ihm einen alten Kanonenofen abzubetteln. Die Männer machten sich sofort daran, das Ofenrohr nach draußen zu legen und den Ofen anzuheizen. Lisa und Rosa liefen, begleitet von der ältesten Tochter des Bauern, zur Hebamme in den nächsten Ort. Man bettete mich auf Heu, legte Leintücher darüber und deckte mich mit einem Federbett zu, die Tanten stellten einen großen Topf mit Wasser auf den Ofen. Noch vier Stunden dauerte es, dann war er da, unser Manfred. Er schrie kräftig und die Hebamme wog ihn: »Neun Pfund«, sagte sie, »na, dann wird er schon durchkommen. Tragen Sie ihn am Körper, in einem Schultertuch, Frau, wenn Sie wieder losmüssen, sonst erfriert er!« Sie zeigte mir dann, wie man das Tuch bindet und es sich umhängt. Das Kind liegt wie in einer kleinen Hängematte darin. Bezahlt wurde die Hebamme mit einem großen Stück Speck und einem Leintuch. Als sie wieder fort war, hatten alle Tränen in den Augen. Freude über das Neugeborene und Trauer über den Verlust der Heimat mischten sich. Am übernächsten Tag hörte man die Frontgeräusche ganz nah. Auch die Bauern des Dorfes rüsteten zur Flucht. Mittags durfte ich auf dem Bauernwagen mit meinem Neugeborenen mitfahren. Es war in ein Steckkissen eingemummt und schlief im Schultertuch, das ich unter dem Mantel trug. Die meisten Dorfbewohner und meine Verwandten gingen zu Fuß. Nach drei Stunden waren wir alle an der Bahnstation angelangt. Eine Stunde später fuhren wir mit dem Zug weiter. Wir hatten großes Glück.

Weihnachten 1944

Sie saß mir schräg gegenüber. Klein, schmal, schlohweißes Haar, zu einem Knoten aufgesteckt, langfingrige gepflegte Hände, dunkle, lebhafte Knopfaugen, die Lippen fest aufeinander gepresst, als seien sie im Schweigen geübt, unzählige Fältchen markierten, wie ausgetrocknete Flussbetten, ihre Gesichtslandschaft. Graues Reisekostüm, schwarze Winterstiefel, weiße Bluse mit einer silbernen Brosche am hoch geschlossenen Kragen. Eine rote Rose war darauf gestickt. Die anderen vier Sitzplätze im Abteil waren nicht besetzt, obwohl sie, wie ich bemerkt hatte, von München bis Hamburg reserviert waren. Schneeflocken wirbelten vor dem Fenster. Die flache Landschaft war nur schemenhaft auszumachen. Noch fast zwei Stunden bis Hamburg. Ich nahm die Zeitung zur Hand. Auf der Titelseite das Foto einer zerstörten Stadt. Frauen und Kinder irrten zwischen den Trümmern umher. Noch ehe ich die Bildunterschrift lesen konnte, sprach sie mich an. »Dass die Menschen aus der Geschichte nichts gelernt haben ...« Resigniert klang diese Stimme und etwas hart. Dann schwieg sie lange. Ich wartete, spürte, dass da eine Story an die Oberfläche drängte. »Heute sind es genau sechzig Jahre her. Weihnachten 1944«, murmelte sie, während sie den tanzenden Schneeflocken nachsah. Und dann erzählte sie mir ihre Geschichte. Nennen wir die alte Dame Marie, dieser Name passt zu ihr. Marie, damals eine junge Frau von 22 Jahren. Eigenartig, an den Namen der Stadt, in der sie damals wohnte, kann ich mich nicht erinnern, obwohl sie ihn bestimmt genannt hat. An jenem 23. Dezember war sie noch lange wach, saß neben dem Ofen, in dem noch ein wenig Asche glimmte, hatte eine Kerze angezündet und die Briefe von Johannes aus ihrer Handtasche geholt, um den letzten nochmals zu lesen. Sie fröstelte, zog ihre Strickjacke fester um sich. Da bewegte sich das Ungeborene in ihrem schon stark gewölbten Leib. Marie begann zu lesen:

Im Osten, 25. November 1944.
Liebste Marie, wie es dir nur gehen mag und unserem Kind? Ständig sind meine Gedanken bei euch und irgendwann muss dieser Krieg ja zu Ende sein. Mein Kamerad Karl hat erzählt, dass seine Familie ausgebombt und aufs Land zu Verwandten gezogen ist. Hoffentlich musst du nicht frieren und hast genug zu essen. In der vorletzten Nacht starteten die Russen einen Gegenangriff. Von allen Seiten kamen sie. Zwölf Kameraden sind in Gefangenschaft geraten, Dieter ist verwundet, Knöcheldurchschuss, und Max vor zwei Tagen gefallen. Ich danke dir für die Zigaretten, den Speck und die warmen Handschuhe, es ist verdammt kalt hier, letzte Nacht hatten wir minus 36 Grad. Eine russische Fellmütze und ein wattierter Mantel fielen mir in die Hände, ich kann dir sagen, das war wie Weihnachten. Vielleicht bekomme ich ja Urlaub, wenn unser Kind geboren ist. Jetzt ist Urlaubssperre. Halte dich tapfer, Marie, und denk immer, der Johannes, der kommt schon durch. Schreib doch meinem ältesten Bruder, dem Wilhelm, ob du nicht zu ihm aufs Land kommen kannst, wenn's in der Stadt zu schlimm werden sollte. Dann bist du Weihnachten nicht allein. Leb wohl, liebste Marie.
Dein Johannes.
PS: Bin befördert worden.

Im Halbdunkel tastete sich Marie zu der Kommode, auf der das Foto von Johannes stand, und hielt es in den Lichtkegel der Kerze. Johannes in Uniform, die dunklen Augen in die Ferne gerichtet, der Mund probte ein zaghaftes Lächeln. Marie presste das Bild an die Lippen. Da begannen die Sirenen zu heulen. Der schrille Ton krallte sich in ihrem Körper fest. Rasch warf sie ihren Mantel über, band ihr wollenes Kopftuch um, schlüpfte in die Stiefel, streifte die Handschuhe über und griff nach dem bereit gestellten Gepäck, Koffer, Rucksack, Reisetasche und Handtasche, in der sie Briefe und Dokumente aufbewahrte. Marie löschte die Kerze und lief, so schnell es ihr Zustand erlaubte, die Treppe hinunter, auf der es schon vor Menschen wimmelte. Keiner sprach ein Wort. »Wie in einem Stummfilm«, dachte Marie. Keine Laterne brannte. Aus allen Häusern strömten die Menschen, schwer mit Gepäck beladen, und formierten sich zu einem Schweigemarsch. Nun waren sie am Eingang des Luftschutzraumes. Und die junge Frau dachte: »Wie ich ihn hasse, diesen Luftschutzraum. Man sitzt wie in einer Falle.« Die zweistöckigen Pritschen waren schon fast alle belegt, doch man machte ihr Platz auf einer unteren, nahe am Ausgang, da sei die Luft am besten, meinte eine grauhaarige hagere Frau mit flackerndem Blick. »Nu lassn Se det Kindchen noch im Bauch, junge Frau, nich jrade heute Nacht«, sagte sie mit einer Mischung aus Mitgefühl und Besorgnis. »Et sin noch vier Wochen hin«, gab Marie zurück. Es dauerte einige Minuten, bis alle ihr Gepäck verstaut und einen Platz auf den Pritschen oder am Fußboden gefunden hatten. Kurze Sätze fielen. Dann herrschte eine angespannte Stille. Plötzlich hörte man ein eigenartiges Pfeifen, Zischen und Brummen, das immer stärker anschwoll, darauf einen ohrenbetäubenden Lärm. Die Lampe an der Decke baumelte hin und her. Eine Bombe musste ganz in der Nähe eingeschlagen sein. Das wiederholte sich noch sechs Mal. Beim letzten Angriff schwankte der ganze Raum, Putz fiel von der Decke und einige begannen laut zu beten, die grauhaarige Frau aber stieß einen grellen Schrei aus, »wie ein verwundetes Tier«, dachte Marie, die am ganzen Körper zitterte und ihre Hände vor den Bauch hielt, als könne sie so ihr Kind schützen. »Vielleicht gibt's bald Entwarnung«, hoffte ein alter Mann mit Seemannsmütze. Er saß auf seinem Gepäck, rieb unablässig seine Hände gegeneinander und wiegte seinen Körper hin und her. »Det haam wer schon oft jeloobt«, gab eine dicke, ganz in Schwarz gekleidete Frau zurück, »un denn sindse ebn nochmal zurück oder ne neue Staffel, wat weess ick.« Marie dachte an Johannes. Und dann wurde sie von einer warmen, dunklen Welle Müdigkeit umspült. Sie legte sich auf das schmale Bett, zog die Decke bis zum Kinn hoch und schlief ein. Im Traum wühlte sie mit bloßen Händen im Schnee und suchte ihre Handtasche. Als sie den Schnee weggeräumt hatte, grub sie in der Erde, bis sie, bis zum Hals, in einem großen Loch stand. Als sie erwachte, war der Raum leer, die Tür stand einen Spalt breit offen und die Sonne warf ein helles Strahlenbündel auf den Steinfußboden. Schwerfällig geworden durch ihre Leibesfülle, erhob sie sich mühsam. »Neun Uhr schon! Und heute ist Heiliger Abend. Ich muss ja noch einkaufen …« Als Marie auf die Straße trat, lag ein Trümmerfeld vor ihr, grell von der Morgensonne beleuchtet. Immer wieder musste sie einen Bogen machen, um den Trümmern auszuweichen, versuchte aber, die Richtung zu halten, wo sie ihr Haus vermutete. Dann bog sie in die Friedrichstraße ein. Hier war nichts zerstört. Da war der Bäckerladen Lehner, der Fotograf Meiler mit seinen Hochzeitsfotos und den Fotos von Soldaten, die sich im Urlaub fotografieren ließen oder bevor es an die Front ging. Da war der Schreiner Seuse. Wie immer stand die Werkstatttür offen, aber kein Mensch war drin zu sehen. Nun machte die Straße eine scharfe Biegung. Marie blieb stehen, wie zu einer Statue erstarrt. Dort, wo einmal ihr Haus gestanden hatte, klaffte ein riesiger Krater. Bizarre Mauerreste. Und direkt vor ihren Füßen die Reste ihres Kinderwagens. Eine verbogene Achse mit zwei Rädern und ein zerquetschtes Dach aus weißem Korbgeflecht. Sie machte ein paar unsichere Schritte, die Konturen verschwammen, und sie glaubte, ohnmächtig zu werden, aber es ging vorbei. »Johannes«, dachte sie, »wo soll ich nur jetzt hin?« Da entdeckte sie zwischen zerborstenen Ziegelsteinen, Glassplittern und Tapetenresten das gerahmte Foto von Johannes. Nur die Glasscheibe hatte einen Sprung. Marie hob das Bild auf und steckte es in ihre Handtasche. Und in diesem Augenblick setzten die Wehen ein. Gemüsehändler Stolpe – Stolpe mit dem steifen Bein aus dem Ersten Weltkrieg – hatte Marie von seinem Laden aus beobachtet, und, als sie sich so krümmte, rief er seiner Frau zu: »Ich muss doch mal sehn, wat mit Mariechen is, se jefällt mir jaar nich ...« Und schon hinkte er über die Straße und knöpfte dabei seinen weißen Kittel zu. Als er neben ihr stand, räusperte er sich, denn sie schien ihn nicht wahrzunehmen. »Na, Mariechen, det is ne Tragedje, wat willste nu machn, wo willste denn hin?« Wie in Zeitlupe drehte sie sich zu ihm um, und er erschrak über ihre weit aufgerissenen Augen. »Ick gloob, et will schon komm, det Kleene, Herr Stolpe. Denn muss ick ebn erst innet Krankenhaus.« – »Et feehrt keene Taxe und keene Elektrische, Meedchen, allet is hin, se könn nich durch zu uns. Aber warte mal, ick wer dir bejleitn, hol nur schnell mein Mantel, du kannst doch nich det schwere Zeug so weit schleppn.« Eine Weile gingen sie schweigend nebeneinander her, und, als Marie sich wieder krümmte, löste sich die Zunge von Gemüsehändler Stolpe. »Mariechen, wenn de mit det Kleene wieder ausm Krankenhaus bist, denn kannste erst mal bei uns komm. Een eijenes Zimmer ham wer nich für dich, aber wenn de det Zimmer mit unsrer kleen Berta teiln tust, denn wird et jehn. Da is nochn zweetet Bett für die Oma, wenn se zu Besuch

is, det kannste haam.« Stolpe kratzte sich hinterm Ohr und dachte an die Vorwürfe seiner Frau, die bestimmt kommen werden.»Un nich mal jefraacht haste mir ...« – »Vielen Dank auch, Herr Stolpe, aber ick werd jleich meim Schwager schreibm, dass er mir holen kommt auf et Land, wissen Se.«
»Najaa, für alle Fälle weesste erst mal, wo de hin kannst, wenn et mitn Schwager nich jleich klappen tut. Jleich sin wer da, Mariechen, det schaffste schon noch«, munterte sie Stolpe auf, als sie schwer atmend stehen blieb und sich wieder krümmte.»Nur noch die Allee rauf.« Stolpe hinkte neben ihr her. Stolpe mit dem steifen Bein aus dem Ersten Weltkrieg. Gerne hätte er ihr seinen Arm geboten, doch er trug in jeder Hand ein Gepäckstück. Als sie an der Klinikpforte angekommen waren, stellte Stolpe das Gepäck ab.»Viel Jlück, Mariechen, und ruf mir an, wenn de mir brauchn tust, meine Nummer haste ja.« Der Pförtner schmunzelte und rief durch die Sprechöffnung:»Weess schon wat los is, Frauchen. Ick ruf jleich im Kreißsaal an.« Das Kind liess sich Zeit, Marie schwitzte und schrie, weinte und biss sich die Lippen blutig, und die Hebamme, eine resolute Frau, versuchte sie zu beruhigen:»Det is nu mal so, beim erstn Mal dauert et, aber wenn et erst da is, det Kleene, haste allet vajessn.« Kurz nach Mitternacht war er da, ein Sohn, Johannes junior. Marie barg ihr Gesicht an seinem roten Neugeborenengesicht. Tränen tropften auf sein dunkles feuchtes wirres Haar, auf seine winzigen Fäuste.»Inn Brutkasten muss er nich«, hörte sie die Hebamme,»wiegt fünfenhalb Fund, det is juut, wo er doch vier Wochen zu früh is.« Nun kam sie auf Marie zu: »Wo is denn Ihr Mann einjesetzt, Frauchen?«

»Im Osten, in Russland«, antwortete Marie, immer noch ihr Gesicht am Körper des Kindes bergend. Als sie sich gefasst hatte, griff sie nach der Hand der Hebamme:»Schönn Dank auch, det Se so vill Jeduld mit mir hatten – und hier is ne Orange for Sie«. Die Orange hatte ihr der Gemüsehändler zugesteckt, eine Kostbarkeit in jenen Jahren.»Nee, junge Frau, die brauchn Se jetzt selber, damit der Kleene wächst und jedeiht. So, nu lassn wer den Sohnemann in die Kinderstube bring und ick fahr Ihnn inn Frauensaal Zwo.« Im Krankensaal brannte eine rote Kerze auf dem Fensterbrett und ein Tannenzweig mit einer roten Schleife lag daneben. »Es ist ja Heiliger Abend, nein, schon Christtag«, dachte Marie. Die Frauen, elf zählte sie, beglückwünschten sie zu ihrem Christkind. In dieser Nacht träumte sie, wie Johannes nach Hause kam, nach dem Krieg. Er stand neben dem Kinderbett und beugte sich hinunter zu seinem Sohn. Nach vierzehn Tagen wurde sie entlassen. Schwager Wilhelm holte sie mit seinem schwarzen Mercedes ab. Auf Umwegen fuhren sie aus der Stadt, denn immer wieder versperrten Trümmer die Straßen. »Hast du Post von Johannes?«, fragten sie fast gleichzeitig. Beide schüttelten den Kopf und schwiegen. »Da drüben ist jetzt der Teufel los, Marie, ich glaube, die Post kommt auch nicht mehr durch«, sagte Wilhelm nach einer Weile. Über eine verschneite Landschaft rollte der Wagen, keine Spuren des Krieges störten die ländliche Idylle. Das Auto hielt vor einem großen schmiedeeisernen Tor. »Da sind wir nun.« Wilhelms Stimme klang gepresst. Auf einem blank geputzten Messingschild las sie: Dr. Wilhelm Meyer – Praktischer Arzt – Sprechzeiten: Montag bis Freitag von 9 Uhr bis 12 Uhr und von 16 Uhr bis 18 Uhr. »Luise freut sich schon auf dich, auf euch beide«, fügte er hinzu. Die Begrüßung fiel frostig aus, wie Marie befürchtet hatte. Luise sprach von einer menschlichen Pflicht, sie und das Kind aufzunehmen. Dann führte sie Marie in ein geräumiges Zimmer im ersten Stock. Ein Bett, eine Wiege, ein Schrank, ein Tisch und zwei Stühle. Das Fenster ging auf den Garten hinaus. Die Schwägerin blieb unnahbar und verließ sogleich das Zimmer. Marie legte das schlafende Kind in die Wiege. Dann öffnete sie ihren Koffer und begann, den Schrank einzuräumen. Da entdeckte sie, dass Luise ihr reichlich Babywäsche zur Verfügung gestellt hatte – gebrauchte Sachen von ihren Töchtern Klara und Martha, die schon zur Schule gingen. »Das habe ich Wilhelm zu verdanken«, vermutete sie und lehnte sich erschöpft an die Schranktür. Unruhige Träume quälten sie in dieser Nacht: Luise schubste Marie in einen dunklen Keller und sperrte sie ein. Das Neugeborene schrie vor der Kellertür, doch niemand kam. Durch ein schmales Kellerfenster warf ihr Luise ein Stück Brot hinunter. Da erwachte sie endlich. Sie vermisste die Geräusche der Stadt. Es war still hier, sehr still, nicht einmal Vogellaute waren zu hören. Nach etwa einer Woche kam die Schwägerin am Sonntag nach dem Abendessen in ihr Zimmer und fragte, ob sie noch etwas brauche und ob sie sich wohl fühle. Dann rückte sie mit ihrem Plan heraus. »Wilhelm braucht dringend noch jemand in der Praxis, jemand, der so tüchtig ist wie du. Wir haben uns gedacht, du könntest ihm ein wenig helfen.«

»Das will ich gerne tun«, sagte Marie. »Aber wer kümmert sich um mein Kind?«

»Das kann bei mir bleiben. Natürlich kannst du es stillen, während der Arbeitszeit, brauchst ja nur eine Treppe hoch zu laufen. Morgen kannst du anfangen.« Ende Januar lag ein Brief mit schwarzem Rand für Marie im Briefkasten, den man ihr hierher nachgeschickt hatte. Rasch öffnete sie ihn und überflog die Zeilen … traurige Pflicht … mitteilen zu müssen … den Heldentod fürs Vaterland gestorben … Am 25. Dezember 1944 … Bauchschuss … starb ohne Schmerzen und ohne das Bewusstsein wieder erlangt zu haben …

Es war dunkel geworden, dicke Schneeflocken wirbelten ans Fenster. Die alte Dame lehnte sich zurück und schloss die Augen. »Hamburg Hauptbahnhof – Hamburg Hauptbahnhof. Sie haben Anschluss zu den Zügen …«

»Mein Sohn ist übrigens Arzt geworden«, sagte sie leise. »Ich fahre weiter nach Kiel, dort ist er an der Klinik tätig.«

Ich hatte meinen Mantel übergezogen, das Gepäck stand bereit, und während ich die Abteiltür öffnete, hielt mir die Dame ein Foto mit Trauerrand hin. Ein junger Mann in Uniform, ein zögerndes Lächeln. »Alles Gute«, rief ich im Hinausgehen und schloss die Tür. Auf dem Bahnsteig erwartete mich mein Sohn.

»Wie einst Lili Marleen ...«

6. Januar 2005. Dreikönigstag. Die 20-Uhr-Nachrichten im Fernsehen. Lothar sitzt in seinem Sessel, eine Decke über den Knien. Die Kerzen am Weihnachtsbaum tauchen das Wohnzimmer in dämmriges Licht. Seit dem zweiten Weihnachtsfeiertag jeden Tag die Bilder von der Flutkatastrophe in Südostasien. Bilder, die Tag für Tag das Ausmaß der Zerstörungswut dieses Tsunamis zu steigern scheinen. Vollkommen zerstörte Häuser, Menschen, die alles verloren haben, Suchtrupps mit Schäferhunden, Helfer, die Leichen bergen, Überlebende, die in endlosen Schlangen um sauberes Wasser anstehen, überfüllte Krankenhäuser mit Verwundeten, Verstümmelten, überforderte, übermüdete Ärzte. Da liegt ein kleiner Junge auf einer Pritsche. Beide Beine hat er verloren, weiß nicht, ob seine Eltern noch leben.

Zwischen diese Bilder schieben sich, aus der verschüttet geglaubten Tiefe der Erinnerung, andere Bilder – zerbombte deutsche Städte, Verwundete im Lazarett, tote Soldaten an der Front, ein Flüchtlingstreck. Die Stimme des Nachrichtensprechers wird nun endgültig zur Geräuschkulisse, und Laute, die er längst verdrängt hatte, schleichen sich in sein Bewusstsein. Sirenen, Wummern von Kanonen, Salven eines Geschützfeuers und Schreie von Verwundeten.

8. Mai 1945. Als die Russen im Lazarett auftauchten, suchten sie einen Dolmetscher. Lothar meldete sich, als er hörte, dass der Konvoi nach Berlin unterwegs war. »Endlich heim«, dachte er und unterdrückte die Angst, die wie ein Raubtier in ihm erwachte. Dem Schicksal dankte er für seine Cousine in St. Petersburg, die bis zum Kriegsbeginn 39 jeden Sommer nach Berlin gekommen war. Und anschließend durfte Lothar jedes Jahr mit der Cousine für ein paar Wochen nach St. Petersburg fahren. Und jedes Mal war es ihm, als gerate er dort in ein Märchen. Im mächtigen Stadtpalais der Verwandten wimmelte es von Dienern und Dienerinnen,

die Verwandten sprachen meist Französisch, und die prächtige Bibliothek des Onkels war drei Mal so groß wie die Wohnung, in der Lothar mit seinen Eltern wohnte. Er dachte an die bunten Kinderfeste, die zu Ehren seiner Cousine gegeben wurden und an seine Reitstunden mit einem weißen Pony ... Auf dem Heimweg nach Berlin begleitete ihn stets ein Petersburger Geschäftsmann, ein Freund der Familie, der in Berlin zu tun hatte, wie er sagte.
Jetzt füllte der Oberarzt seine Entlassungspapiere aus und eine Krankenschwester überreichte ihm Zivilkleidung. Hose und Jacke schlotterten um seinen ausgemergelten Körper. »Ihr mit euren deutschen Namen«, brummte der russische Oberst, »sie sind Zungenbrecher, ich werde dich Pjotr nennen.« Um seinen rechten Unterarm trug Lothar einen dicken Verband. Seine Hand war von einem Granatsplitter zerfetzt und vor vier Wochen amputiert worden. Drei Tage waren sie unterwegs, bis sie in Berlin ankamen. Oft mussten Umwege gefahren werden, wegen der gesprengten Brücken. Für Lothar gab es reichlich Gelegenheit, zu übersetzen, wenn die Russen Häuser für ihr Nachtquartier beschlagnahmten. Als sie sich Berlin näherten, wurde er einsilbig und verstummte schließlich. Im Schritttempo rollte der Konvoi durch die Trümmerwüste. Plötzlich begann Lothar zu frösteln, seine Zähne schlugen aufeinander. Elendsgestalten hasteten zwischen den Ruinen umher. Der Oberst verabschiedete sich von ihm: »Wenn dein Arm wieder gesund ist, Pjotr, melde dich bei mir! Männer wie dich können wir brauchen!« Lothar versprach es, und der Oberst steckte ihm ein Päckchen Zigaretten und eine halb volle Flasche Whiskey in seine Jackentaschen.
Zu Fuß machte sich Lothar auf den Weg an den Stadtrand, zu seinem kleinen weißen Haus mit den feuerroten Ziegeln und den grünen Fensterläden, zu Frau und Sohn. Brand- und Verwesungsgeruch hingen in der Luft. Am Alexanderplatz standen ausgebrannte Panzer, dazwischen lagen zwei Pferdekadaver, aus denen Frauen Fleischstücke schnitten. Dort die Reste eines zerbombten Busses. All die Jahre hatte er von seiner Heimkehr geträumt. Seine Frau und sein Sohn würden auf ihn warten. Fast zwei Jahre hatte er sie nicht mehr gesehen. In dem kleinen weißen Haus würden sie ihn willkommen heißen. Und im Garten würde der Flieder blühen. Immer hatte er diesen Fliederduft in der Nase, wenn er an seine Heimkehr dachte. Dann war er in der Gartensiedlung angekommen. Sie schien unzerstört.

Als er in seine Straße einbog, der Schock! Sein Haus, sein kleines weißes Haus mit den feuerroten Ziegeln und den grünen Fensterläden, das Nachbarhaus und drei weitere Häuser, nur noch Schutt und Asche. In einem Garten lagen zwischen zerborstenen Möbeln eine menschliche Leiche, mit einem zerfetzten Tuch bedeckt, und ein toter Hund. Müde und vollkommen erschöpft setzte er sich auf den Trümmerhaufen in seinem Garten und starrte auf den Fliederstrauch mit den weißen Blütendolden. Dort daß er, selbst zu Stein geworden, Stunde um Stunde. Es war totenstill in der Siedlung. Als es schon dunkel wurde, sah er von weitem eine Frau mit einem Kind an der Hand, einen Kinderwagen vor sich herschiebend. Sie kam näher, blieb an der Straßenlaterne stehen, öffnete den Mund, doch kein Laut kam heraus. Wie in Zeitlupe begriff er. Diese abgemagerte Frau mit dem aschgrauen Gesicht war seine Frau. Der verängstigte Junge sein Sohn. Aber der Kinderwagen? Da hörte er ein Wimmern aus dem Wagen und seine Augen verengten sich zu Schlitzen. Er sah die Frau an, starr und feindselig. Aus ihrer trockenen Kehle würgte sie Worte hervor, tonlos, als spräche eine Tote.

»Der Kleine ist von einem Fremdarbeiter, einem Polen. Hat mich in eine Ruine gezerrt – Messer an meine Kehle ... Jakob war dabei.« Lothar ballte die linke Faust und schwieg. Anna begann nun, im Schutt nach noch brauchbarem Hausrat zu suchen. Jakob half ihr dabei. Als sie sich einmal nach ihm umdrehte, bemerkte sie seinen Verband um den rechten Unterarm. Er spürte ihren fragenden Blick, der wie Feuer brannte. »Die Hand ist weg«, sagte er, als rede er vom Wetter oder vom Essen und wunderte sich, dass es ihm so leicht über die Lippen gekommen war. »Soll eine künstliche bekommen, wenn der Stumpf verheilt ist.« Da ließ die Frau eine Schüssel fallen, die in zwei Stücke zerbrach. Langsam ging sie auf ihn zu, den Jungen an der Hand. Jakob begann zu weinen. Anna nahm ihn auf den Arm und nun stand sie Lothar gegenüber. Ihre Augen glichen zugefrorenen Teichen. »Was soll nun aus uns werden«, sagte sie, ebenso tonlos wie zuvor. Er zuckte mit den Schultern. Da lehnte sie sich an seine Brust, den Jungen auf dem Arm. Sie weinte nicht. Fasste ihn an seiner gesunden Hand und führte ihn zum Kinderwagen, stellte Jakob auf den Schutt und hob den Säugling heraus.

»Er kann nichts dafür.« Sie führte nun seine gesunde Hand, langsam und unendlich behutsam, an die Wange des Kindes. Unter der sachten Berührung hörte es auf zu wimmern. Jakob hatte sich hinter seiner Mutter versteckt. »Komm, gib deinem Vater die Hand. Er ist der Mann auf dem Foto, Jakob.« Der Junge stand ihm nun gegenüber, seine Hände auf dem Rücken verschränkt, und blickte zu Boden. »Hab Geduld mit ihm.« Dann schwiegen sie und blickten auf die Trümmer ihres Hauses.

Jetzt zwingt sich Lothar, seinen Blick wieder auf die rasch wechselnden Fernsehbilder zu richten. Leichenberge – wie im Krieg. Zerstörte Häuser, zerstörte Seelen. Eine indische Mutter kauert vor der schlammverkrusteten Leiche ihres Kindes. Studenten bauen eine Schule wieder auf.

Auch damals, vor sechzig Jahren, regte sich wieder neues Leben zwischen den Ruinen. Drei Jahre lang hatten sie bei Nachbarn in einem Zimmer unter dem Dach gewohnt. Und drei Monate nach seiner Heimkehr meldete er sich bei dem russischen Oberst – immer noch auf seine schmale Invalidenrente wartend. Die Versuche, bei der deutschen Behörde eine Arbeit zu finden, waren gescheitert. »Sie haben doch Ihre Invalidenrente. Erst müssen wir mal die Gesunden vermitteln, die nischt haben«, sagte das energische Fräulein vom Amt. Eine Handprothese wurde ihm ein halbes Jahr später angepasst. Die Russen stellten ihn sofort als Telefonisten ein. In die Hände spucken wie früher konnte er nicht mehr, um sich wieder ein kleines weißes Haus mit roten Ziegeln und grünen Fensterläden zu bauen. Mit der Invalidenrente für den Verlust einer Hand, die ihm endlich nach sieben Monaten bewilligt wurde, konnte er gerade mal die Miete für das Zimmer unterm Dach bezahlen.

Endlich teilte ihnen das Wohnungsamt eine kleine Zweizimmerwohnung zu. Was aus dem Polenbaby geworden ist? Lothar wollte das Kind adoptieren. Da gestand ihm Anna, dass sie ihn schon als Vater angegeben hatte. »Na, dann erspar ich mir den Weg zum Amt«, hatte er nur gesagt. Der kleine Johann erfuhr nichts von der Sache. Sie waren sich einig, dass es das Beste für das Kind sei.

Nun wandern Lothars Augen zu dem Schwarz-weiß-Foto an der Wand. Im Sommer 1949 hatten sie es bei einem Fotografen machen lassen. Anna und er im Sonntagsstaat, der den Krieg überlebt hatte. Jakob, der schon in der zweiten Klasse war, im Matrosenanzug, den Anna aus einem alten Rock genäht hatte, stand zwischen ihnen. Anna hatte den vierjährigen Johann auf dem Schoß. Von Kopf bis Fuß in Wollsachen, die Anna für ihn gestrickt hatte – aus aufgetrennten alten, zerrissenen Pullovern. Die Jungs halten sich an den Händen. Beide haben Annas blondes Haar. Anschließend waren sie in eine Konditorei gegangen und hatten zum ersten Mal nach dem Krieg Torte gegessen. Lothar war befördert worden, das musste man feiern.

»Nun sind es schon sieben Jahre, dass Anna nicht mehr ist«, rechnet er nach.

Im Katastrophengebiet landen gerade Hilfstruppen mit dringend benötigten Wasseraufbereitungsanlagen. Ein anderes Flugzeug hat Ärzte und Sanitäter aus Europa an Bord. Medikamente, Decken und Zelte werden ausgeladen. Nun schwenkt die Kamera an den Rand der Landebahn. Ein blühender Strauch in Großaufnahme. Kein Flieder. Oleander.

Nie wieder Krieg! Interview mit dem Kriegsteilnehmer Günther Wienzkol

I.H.: Du gehörst zum Jahrgang 1922. Bei Kriegsausbruch warst du 17 Jahre alt. Kannst du dich noch erinnern, welche Gedanken dir damals durch den Kopf gingen?

G.W.: Ich war überzeugt, dass dieser Krieg nicht lange dauern und Deutschland als Sieger daraus hervorgehen wird, wie es uns die Propaganda einhämmerte. Die ersten Siege ließen auch die letzten Zweifler umschwenken, obwohl wir einen Zweifrontenkrieg führten. Der Polenfeldzug dauerte 18 Tage, Frankreich war in etwa drei Wochen besiegt.

I.H.: Wann wurdest du zur Wehrmacht eingezogen?

G.W.: Ende 1940. Etliche Monate Kriegseinsatz hat mir meine Mutter erspart. Sie hat einige Male die Einberufungsbefehle zerrissen und weggeworfen, denn auch sie war der festen Überzeugung, dass der Krieg nur einige Monate dauern würde, wie die Propaganda behauptete. So dachte sie, mir durch ihre übrigens sehr gefährliche Verzögerungstaktik den Krieg ersparen zu können. Unser Vater war bereits zum Polenfeldzug eingezogen worden. In Ansbach, in der Bleidornkaserne, erhielt ich eine Schnellausbildung von zwölf Wochen, denn die Rekruten wurden an den Fronten dringend gebraucht. Ich wurde für die Zugmaschinen, die die Geschütze transportierten, ausgebildet. Mein Vater war nun fünfzig Jahre alt und wurde deshalb aus dem Kampfeinsatz herausgenommen. Er diente fortan – auch in Uniform – im militärähnlichen Zivildienst, der für den Wiederaufbau gesprengter Brücken und für den Nachschub verantwortlich war. Zunächst wurde er in Griechenland, später in Schliersee eingesetzt.

I.H.: In welchen Gebieten und Funktionen bist du zum Einsatz gekommen?

G.W.: Ich wurde in Russland einer Bespannten Artillerie zugeteilt,

d. h. unsere Geschütze wurden von Pferden gezogen. Dort setzte man mich als Kradmelder ein. Meine Aufgaben umfassten u. a., der Einheit stets voraus, Quartiere zu requirieren und Nachrichten zu befördern, wo keine Funk- oder Fernsprechmöglichkeiten vorhanden waren. Ich war stets allein unterwegs, zusammen mit der Infanterie, die unserer Bespannten Artillerie vorausmarschierte. Weshalb gerade ich als Kradmelder ausgewählt wurde? Ich hatte mir, leichter und rascher als andere, Grundkenntnisse in Russisch angeeignet, einfach durch die Praxis, im Kontakt mit der russischen Bevölkerung, die uns übrigens freundlich begegnete. Es war zuweilen schwierig, sich in der Weite Russlands allein zurechtzufinden, denn Kompass und Landkarte hatte ich nicht, die blieben beim Hauptmann. Die uns vorausmarschierende Infanterie stellte »Taktische Wegweiser« auf, das war für mich das Zeichen des Naabburger Tores der Stadt Amberg. Doch oft musste ich mich am Stand der Sonne oder an den Sternbildern orientieren. Als mein Krad durch einen Volltreffer zerstört wurde – Gottseidank saß ich nicht drauf – kam ich als MG-Schütze zum Einsatz. Wir operierten im sogenannten Mittelabschnitt der russischen Front, in Charkow, Minsk, Kursk und in Kiew.

I. H.: Hat man als Soldat das Drama von Stalingrad in seinem Ausmaß und seinen Folgen einschätzen können?
G. W.: Die Propaganda hat natürlich nicht die volle Wahrheit verkündet. Wie entsetzlich die Situation für die Eingekesselten war, habe ich erst durch Dokumentarfilme, Jahrzehnte später, im Fernsehen erfahren. Uns war aber bekannt, dass der Verlust der gesamten 6. Armee eine große Lücke hinterließ, die kaum aufzufüllen war. Wir begriffen, dass die gesamte Situation an der russischen Front nun schwieriger sein würde; dass es aber die Wende im Zweiten Weltkrieg bedeutete, das konnten wir nicht ahnen. Von nun an wurden von russischer Seite häufig Flugblätter aus Flugzeugen abgeworfen. Wir hielten den Inhalt für Feindpropanganda, wie es uns gesagt wurde. Doch wichtig war auf den Flugblättern der Hinweis, was wir deutschen Soldaten zu sagen hatten, falls wir in Gefangenschaft geraten oder zum Feind überlaufen würden. Auf Russisch sollten wir rufen: »Es lebe Moskau! Nieder mit Hitler!« Nur mit dieser Parole hätten wir freies Geleit, ansonsten könnten Überläufer für Feinde gehalten und erschossen werden.

I. H.: Auch deine Artillerie-Einheit wurde eingekesselt. Mir ist im Nachlass deiner Mutter eine Wehrmachtzeitung in die Hände gefallen, die die »Helden von Tscherkassy« überschwänglich lobt. Was hat sich damals abgespielt?

G. W.: Fast eine ganze Armee wurde in Tscherkassy eingekesselt. Den Russen war es gelungen, an unserer Stellung rechts und links vorbeizukommen und einen Ring um uns zu schließen. Wir haben erst gemerkt, dass wir eingekesselt waren, als wir auch aus dem Westen Kanonendonner hörten und auch keine Feldpost mehr ankam. Hitler reagierte wie immer in solchen Fällen: »Auf keinen Fall ergeben!« Doch nach etwa drei Wochen kam Gott sei Dank der Befehl zum Durchbruch. Wir ließen unsere Geschütze, Fahrzeuge, Pferde und allen Ballast zurück. Nur mit dem Gewehr machten wir uns nachts heimlich auf und mussten einen Fluss durchschwimmen. Das Gewehr sollte man dabei hochhalten und nur mit einem Arm Schwimmbewegungen machen. Doch viele warfen ihr Gewehr einfach weg, als uns die Stalinorgeln und das Infanteriefeuer verfolgten, um schneller schwimmen zu können. Viele Kameraden mussten ihr Leben lassen. Ich habe in Tscherkassy meinen besten Kameraden verloren. Er war ein Bauernbub aus Österreich. Alle, die heil durchkamen, wurden im Hinterland neu aufgestellt und mit Waffen versorgt.

I. H.: Welche Situation im Krieg schätzt du heute als besonders gefährlich für dich ein, obwohl man ja täglich mit dem Tod rechnen musste?

G. W.: Auf dem Rückzug 1943 haben wir uns, nach einem langen Marsch, in einer russischen Bauernkate niedergelegt. Als es langsam hell wurde, hörte ich Kettenrasseln und russische Stimmen, und als ich mich aufrichtete, sah ich vor dem Fenster den Turm eines russischen Panzers mit dem roten Sowjetstern. Ich rief meinen Kameraden zu: »Alles raus. Der Russe ist da.« Wir sind auf der Rückseite des Hauses durchs Fenster gesprungen und Gott sei Dank ging es bergab zu unserer Geschützstellung. Wir rannten, wie wir noch nie im Leben gerannt waren, doch der Russe hatte unsre Flucht bemerkt und wir bekamen Granatfeuer vom Panzer. Ein Granatsplitter hat meine wattierte Jacke durchschlagen, viele Splitter flogen uns um die Ohren, diese Splitter konnte ich einfach von meiner Jacke abschütteln. Doch der Splitter, der durch die Jacke gegangen war, verletzte meine rechte Halsseite. Man brachte mich zum Verbandsplatz und ich bekam eine Woche Heimaturlaub.

I. H.: Rückblickend sprachst du immer von einem Glücksfall bei deiner zweiten Verwundung.

G. W.: Meine zweite, weitaus schwerere Verwundung zog ich mir bei einem russischen Panzerbeschuss zu. Das Geschoss war ein Blindgänger, der nicht explodierte, sondern auf mich zuschoss und auf meinen Fuß fiel. Durch das schwere Gewicht brach mein Mittelfußknochen und die Haut hing in Fetzen herunter, der Fuß schwoll an wie ein Hefeteig. Nach der Erstversorgung am Verbandsplatz wurde ich einem Verwundetentransport zugeteilt, der uns nach Dresden ins Lazarett brachte. In Viehwagons, die man mit Stroh ausgelegt hatte, wurden wir Richtung Westen gefahren, etliche Kameraden starben unterwegs. In Dresden lag ich acht Wochen im Lazarett, wo mich mein Vater, der am Schliersee Dienst tun musste, besuchte. Wenige Wochen vorher hatten wir erfahren, dass mein Bruder gefallen war. Seine Sorge um mich war groß. Dann wurde ich einer Genesenden-Batterie in der Nürnberger Kaserne an der Wallensteinstraße zugeteilt. Gegen Jahresende wurde eine Motorisierte Einheit für den Einsatz an der Westfront zusammengestellt. Die Abfahrt ins Ungewisse erfolgte an Silvester 1944, vom Güterbahnhof in Schweinau. In der Nähe von Aachen hörten wir, immer noch in der Eisenbahn, dass am 2. Januar 45 in Nürnberg der schwerste Luftangriff, den die Stadt zu verkraften hatte, erfolgt war. Innerhalb einer knappen Stunde hatten 1000 englische Bomber 6000 Sprengbomben und Minen und etwa 1 000 000 Phosphorbrandsätze abgeworfen. Mehr als 1800 Nürnberger starben, rund 6000 wurden verletzt und etwa 100 000 verloren ihr Dach über dem Kopf. Wir waren dieser Hölle rechtzeitig entkommen. Unsere Einheit kam dann in den Vogesen zum Einsatz.

Diese zweite Verwundung war wirklich ein Glücksfall, denn meine ursprüngliche Einheit in Russland wurde in den erbitterten Kämpfen am Oderbruch fast vollständig aufgerieben und die Kameraden, die in russische Gefangenschaft gerieten, erwarteten lange schreckliche Jahre in den Bergwerken in Sibirien, die nur wenige überlebt haben. Ich erhielt noch Post von Kameraden nach Dresden ins Lazarett und in die Nürnberger Kaserne, aber dann habe ich von meinen Kameraden nichts mehr gehört.

I. H.: Mit der Heimat, mit den Angehörigen, war man als Soldat durch die Feldpost verbunden, heute vielleicht durch das Handy. Deine Mutter war in der Heimat ganz allein auf sich gestellt, ihr Ehemann und die beiden Söhne waren im Krieg. Wie wichtig waren die Feldpostbriefe?

G. W.: Die Feldpostbriefe waren das einzige Band zwischen uns Soldaten und den Angehörigen daheim. Ohne diese Post von daheim, die uns immer wieder aufbaute und Kraft gab, hätte so mancher seelisch nicht überleben können. Und für die Familien in der Heimat war es immer wieder ein Signal: Ja, er lebt noch! Und sie waren wieder beruhigt.

I. H.: Wie war der Kontakt zur russischen Zivilbevölkerung?

G. W.: Die russischen Mädchen und Frauen haben freiwillig unsere Wäsche gewaschen und freuten sich über ein Stück Kommissbrot von uns. Wenn wir in einem Dorf länger Stellung bezogen hatten, trafen wir jeden Abend die russischen Mädchen am Dorfbrunnen, wo sie Wasser holten. Und wir mussten auch Wasser für unsere Pferde besorgen. Die Mädchen haben wunderschön gesungen, russische Volkslieder, und dann haben wir abwechselnd gesungen, ein Mal ein deutsches und ein Mal ein russisches Lied. Als ich einmal mit erfrorenen Füßen in ein Haus kam, da hat mir der Pan den Rat gegeben, die erfrorenen Füße mit Petroleum einzureiben. Das hat Wunder gewirkt. Meine Füße wurden gesund. Man ist uns überall freundlich begegnet. Das russische Volk wusste, dass wir deutschen Soldaten genauso arme Teufel waren wie ihre eigenen Soldaten, dass wir durch den Entschluss unseres Regimes in diesen Krieg ziehen mussten.

I. H.: Auch du hast Bombennächte erlebt. Kannst du dich noch daran erinnern?

G. W.: Als ich 1944 in der Genesendenbatterie in Nürnberg war, hatten wir manchmal Ausgang. Ich bin dann meistens ins Kino gegangen. Dieses Mal lief im UFA-Palast, in der Nähe des Grand Hotels, der Film *Die Feuerzangenbowle* mit Heinz Rühmann. Die meisten Zuschauer waren Kameraden, die für ein paar

Stunden die harte Wirklichkeit vergessen wollten. Plötzlich gab es Fliegeralarm, die Sirenen heulten durchdringend. Gegenüber vom Grand Hotel war ein Luftschutzraum. Als wir dort ankamen, war der Raum schon überfüllt und wir mussten uns gewaltsam hineindrängen. Viele Kameraden hatten auch aus dem nahen Soldatenheim Schutz gesucht – das ehemalige Soldatenheim ist heute das KOMM –, sodass alle wie die Heringe in einem Fass zusammengepresst waren. Nach der Entwarnung wollte ich mit der Straßenbahn in die Kaserne zurückfahren, doch in der Holzschuher Straße gab es erneut Alarm und wir liefen wieder in einen Bunker. Jetzt schlugen die Bomben ganz in der Nähe ein. Und ich muss sagen, meine Angst im Bunker war größer als in den Frontkämpfen, denn im Bunker ist man hilflos seinem Schicksal ausgeliefert.

I. H.: Dein jüngerer Bruder ist an der Ostfront im Alter von 18 Jahren gefallen. Was hat die Nachricht von seinem Heldentod, wie man damals zu sagen hatte, bei dir ausgelöst? In deinem Feldpostbrief an deine Mutter schriebst du: »Ich bin sicher, dass diejenigen, die das alles zu verantworten haben, einmal zur Rechenschaft gezogen werden.«

G. W.: Trauer und Wut habe ich empfunden, dass so ein junger Mensch, wie Tausende andere auch, die wie mein Bruder ihr Leben noch vor sich hatten, sterben musste. Doch ich konnte meinen traurigen Gedanken nicht nachhängen, wir hatten damals etliche Nahkampfeinsätze, wo es galt, das eigene Leben zu retten. Die Trauerarbeit dauerte noch Jahre und begann eigentlich erst nach dem Krieg.

I. H.: Wann und wo bist du in Gefangenschaft geraten?
G. W.: Am 8. Mai 1945 in Klingenthal an der böhmisch-tschechischen Grenze. Klingenthal ist bekannt, weil dort Musikinstrumente hergestellt werden. Unser Befehl hatte ursprünglich gelautet, in die Tschechei zu marschieren. Aber von dort kam die Nachricht, dass die Tschechen deutschen Verwundeten, die mit einem Verwundetenzug auf einem Bahnhof ankamen und nach Wasser schrien – es war sehr heiß im Mai 1945 – anstatt Wasser Jauche eingeflößt hatten. So leitete unser Hauptmann unsere Fahrzeugkolonne in einen Waldweg, der vor einer hohen

Felswand endete. Dort verabschiedete er sich mit den Worten: »Ihr seht ja, dass es nicht mehr weitergeht.« Und dann ging er seines Weges. Auf der ersten Straße, die wir erreichten, kam uns ein amerikanischer Jeep entgegen. Wir hoben die Hände, gaben unsere Waffen ab und der Jeep brachte uns in eine amerikanische Feuerstellung. Plötzlich brach großer Jubel aus, wir wussten zunächst nicht, warum. Doch dann erfuhren wir, dass der Krieg soeben beendet war. Noch drei Monate verbrachte ich dann, zusammen mit 50 000 Leidensgefährten, in einem amerikanischen Gefangenenlager. Das war ein riesiges freies Feld, das mit Stacheldraht umzäunt war. In regelmäßigen Abständen standen Wachtürme. Wir mussten im Freien schlafen. Die ersten drei Tage erhielten wir kein Essen. Dann gab es täglich eine Konservendose für zehn Gefangene. Klar, dass wir großen Hunger litten. Nach unserer Entlassung wurden wir mit amerikanischen Trucks nach Nürnberg gebracht. Vor dem Bahnhof standen viele Frauen, die Schilder hoch hielten, auf die sie die Namen ihrer Männer geschrieben hatten. Es tat weh, mit ansehen zu müssen, wie sich so manche, verzweifelt und allein, wieder auf den Heimweg machte. Den Schock über mein zerbombtes Nürnberg werde ich nie vergessen. Am nächsten Tag machte ich mich zu Fuß auf den Heimweg in die Oberpfalz. Die Bahnstrecke war noch nicht repariert. Wir alle hatten nur zwei Wünsche, als wir endlich daheim waren: schlafen und uns satt essen. Das Haus, in dem wir wohnten, war unzerstört. Und das Wiedersehen mit der Mutter kann nicht mit Worten geschildert werden.

I. H.: Als ehemaliger Kriegsteilnehmer, der fünf Jahre lang in der Kriegshölle war, bist du für dein Leben gezeichnet. Hast du heute noch Albträume von dieser Zeit?

G. W.: Die Träume kommen immer wieder. Meist sind es brisante Situationen, in denen man nur mit viel Glück überlebt hatte. Diese Träume sind so realistisch und laufen genau so ab, wie sich alles abgespielt hatte. Wenn man so will, ist der Krieg für viele ehemaligen Soldaten noch immer nicht vorbei. Immer wieder werden sie im Traum mit dieser Hölle konfrontiert.

I. H.: Du hast mit ansehen müssen, dass viele Kameraden schwer verwundet wurden oder gefallen sind. Du hast deinen einzigen

Bruder verloren und nach Kriegsende eine zerstörte Heimat und verstörte Menschen vorgefunden.

Was möchtest du jungen Menschen für die Zukunft mit auf den Weg geben?

G.W.: Immer wieder sollte man der Jugend vor Augen führen, welch hohes Gut der Frieden ist. Seit 62 Jahren herrscht in unserem Land Friede, eine der längsten Friedenszeiten in der deutschen Geschichte überhaupt. Realität ist aber, dass es in dieser Welt immer wieder Kriege gibt und geben wird. Wer hätte zum Beispiel je gedacht, dass deutsche Soldaten in der Völkergemeinschaft in Afghanistan zum Einsatz kommen? Doch, wenn es einen Entscheidungsspielraum gibt, Krieg oder kein Krieg, dann sollten die Verantwortlichen diesen Spielraum nutzen und alle diplomatischen Mittel einsetzen, um einen Krieg zu verhindern.

Elisabeth Hornig
Bahnsteig der Schicksale. Frühjahr 1946

Wie lange wir nun schon auf unserem Platz in einem der vorderen Viehwagons seit Abfahrt vom Heimatbahnhof Bad Landeck kauerten, weiß ich nicht mehr. Wir saßen auf unseren zu Rollen zusammengeschnürten Bettsachen, als der Zug wieder einmal langsamer wurde und abwechselnd vorwärts und rückwärts fuhr. Mutter ermahnte uns Kinder, bei Oma auf den Sachen sitzen zu bleiben und keinesfalls auszusteigen, während sie versuchte, Ess- und Trinkbares zu ergattern. Bei früheren Aufenthalten hatte sich der Zug oft unvermittelt, ohne längere Wartezeit, wieder in Bewegung gesetzt. Manchmal schaffte Mama es nicht, unseren Wagon rechtzeitig zu erreichen, so stieg sie in den Erstbesten. Vor Angst erstarrt, warteten wir auf den nächsten Halt und waren überglücklich, als sie wieder bei uns einstieg.

Bei jedem Halt nahmen die Frauen ihre Töpfe oder Milchkannen an sich und gingen an die Türen. Sobald diese aufgeschoben wurden, versuchten sie, so schnell wie möglich nach trinkbarem Wasser und Essen Ausschau zu halten. Um Tee aufzubrühen, war meine Mutter auf den Gedanken gekommen, heißes Wasser aus der Lok zu erbetteln. Der Lokführer hatte sich widerstrebend dazu bereit erklärt, bei nächster Gelegenheit das alte Wasser gegen frisches auszutauschen. Nicht ohne Hinweis auf die Gefährlichkeit des Wassers aus dem Kessel, gab er beim nächsten Aufenthalt dampfendes Kesselwasser ab. Der Tee schmeckte erbärmlich und reizte zum Erbrechen.

Als einmal die Türen aufgeschoben wurden, standen wir irgendwo an einem breiten Bahnsteig eines Güterbahnhofes. Ob wir uns zu diesem Zeitpunkt noch im heimatlichen Kreis Habelschwerdt befanden, kann ich nicht sagen. Angebundene Ziegen grasten darauf. Sie zupften das spärlich sprießende Grün aus den Ritzen des kleinen Kopfsteinpflasters. Gegenüber stand auch ein Güterzug. Die Türen waren geöffnet. In den Wagons sah man Tiere, landwirtschaftliche Geräte, Heu, Stroh sowie Saatgut in Säcken und vieles mehr. Einfach der gesamte Haus- und Hofstand einer jeden Familie schien vorhanden zu sein. Frauen melkten Kühe oder Ziegen. In Käfigen saßen Hühner, Gänse, Enten und Kaninchen. Auf dem Bahnsteig brannten mehrere offene Feuer, auf denen gekocht wurde. In einem weißen Küchenherd mit einem kurzen Ofenrohr wurde sogar gebacken. Es roch köstlich, als hätten Mama oder Oma gebacken. Mama erkundigte sich sofort, wie es denn möglich war, hier Lebensmittel zu bekommen und zu kochen. Es stellte sich heraus, dass diese Leute, ebenso wie wir, gegen ihren Willen Vertriebene waren. Allerdings Polen, die aus ihrer östlichen Heimat mit Sack und Pack ausgesiedelt wurden. Als sie erfuhren, dass auch wir Vertriebene waren, um für ankommende Polen Platz zu machen, waren sie empört, dass wir nur Handgepäck mitnehmen durften. Sie kamen an die Wagons, um Essen und Getränke auszuteilen. Sie erzählten, ihnen wären schönere, aber menschenleere Gehöfte in einer besseren Gegend versprochen. Sie wussten nicht, dass da, wo sie nun hintransportiert wurden – nämlich Schlesien –, die Menschen erst ausgewiesen worden waren. Nun begriffen sie, warum sie so lange auf Verschiebebahnhöfen ausharren mussten. Einige Frauen weinten. Sie hatten ihr Zuhause im damals nordöstlichsten Teil Polens, der an Russland abgetreten werden musste, gar nicht verlassen wollen. Sofort wollten sie wieder zurück in ihre Heimat.

Da durch die Gespräche ziemliches Protestgeschrei entstanden war, tauchten plötzlich Uniformierte mit Gewehren auf und trieben die Deutschen in die Wagons zurück. Die leise Hoffnung, dass es nun endlich wieder in die heimatliche »Grafschaft Glatzer Bergland« gehe, erfüllte sich nicht. Unser Zug setzte sich wieder in Bewegung in Richtung »Bahnsteige nach Irgendwo«.

Hermann Kesten
Wiedersehen mit Nürnberg

Dieses mittelalterliche, altertümlich konservierte Nürnberg mit seinem Graben voll blühender Büsche und Bäume im Mai, mit seiner Mauer, mit seiner Kaiserburg und dem Heidenturm und der Eisernen Jungfrau und dem Nürnberger Trichter, mit seinen gemischt romanisch-gotischen Kirchen und dem Henkersteg und dem Dürerhaus, mit der Erinnerung an Pfeffersäcke und Meistersinger, an Hans Sachs, an Dürer, Peter Fischer, Adam Kraft, Veit Stoß und Peter Henlein, mit dem Goldenen Brunnen, und der Frauenkirche, wie erfüllte es mit seinem Geist und seinen Gerüchen meine ganze Kindheit und Jugend. Diese alte Freie Reichsstadt Nürnberg, mit dem Hohngeschrei des Raubritters Eppelein von Gailingen, der samt Ross vom Burgberg über den Graben entsprang und jauchzend rief: »Die Nürnberger hängen keinen, sie hätten ihn denn zuvor.«

An dieses Triumphgeschrei eines gerade noch entkommenen Raubritters musste ich denken, als ich im Februar 1933 zum letzten Mal das unzerstörte alte Nürnberg sah, wo damals mitten im Tageslicht diese neuesten Gespenster in braunen Hemden marschierten und denen es dann später gelungen ist, das alte schöne Deutschland samt meinem Nürnberg zum größten Teil zu zerstören. Diese armen Menschen in Uniform, ich sah sie voller Mitleid an, sie jubelten ihrem eigenen Untergang zu.

Als ich 1949 wiederkam, da standen nur Ruinen, und zwischen ihnen gingen blasse, bedrückte, unsichere Menschen, die von nichts gewusst hatten, die sich an nichts erinnerten, und ich war seltsam beklommen. Beklommen ging ich durch die Ruinen von Nürnberg. Zum Glück fand ich viele Freunde, viele, die dachten und fühlten wie ich und an ein neues, besseres Deutschland glaubten und nichts vergessen hatten.

Christa Kowalski
Krieg, Vertreibung und neue Heimat

Meinen ersten Geburtstag übertönen die heulenden Sirenen der Luftangriffe, während ich mit meiner vor Angst zitternden Familie auch diesen Tag im Luftschutzkeller verbringe. Das nahe Ende des Zweiten Weltkriegs hat für uns noch einmal einen dramatischen Höhepunkt, denn die Panzer an der Ostfront rücken immer näher nach Breslau, meinen Geburtsort. Meine Eltern und meine Geschwister haben oft davon erzählt. Ihre Erzählungen und meine Erinnerung mischen sich zu einem Bild, das heute noch so lebendig ist.

Wir, das sind meine Mutter, meine Schwester Lydia, neun Jahre, mein Bruder Norbert, fünf Jahre, und ich, ein Jahr, werden am 15. Januar 1945 aus Breslau ausgewiesen. Mein Vater, der wegen seiner starken Kurzsichtigkeit nicht beim Militär, sondern beim Volkssturm dient, bleibt allein in Breslau zurück. Der plötzliche Abschied vom Vater macht uns alle sehr traurig, es ist ungewiss, wann wir uns wiedersehen. Meine Mutter hofft, dass wir nur für kurze Zeit wegsein werden. Die Informationen sind unzureichend, und deshalb lässt sie wichtige Urkunden daheim zurück.

Mit kleinem Handgepäck, das in meinem Kinderwagen verstaut ist, fahren wir bekümmert mit vielen anderen Menschen im überfüllten Zug nach Görlitz zu Bekannten, wir wollen ja nur kurze Zeit bleiben.

Hier in diesem Erwachsenenhaushalt spüren wir deutlich, dass wir nicht erwünscht sind, die unausgesprochene Frage unserer Gastgeber »Wie lange bleibt ihr noch?« steht deutlich im Raum. Da die Atmosphäre hier sehr ablehnend und kalt ist, fühlt sich meine Mutter umso mehr verlassen, und die Sehnsucht nach unserem Vater ist groß. Wir sind schon drei Wochen in Görlitz, und niemand weiß, wie und wohin es weitergeht, da geschieht ein kleines Wunder. Unerwartet ist das zufällige Wiedersehen meiner Mutter mit ihrer Schwägerin, die sich gerade heute mit einem Flüchtlingstreck in Görlitz aufhält. Meine Tante mahnt eindringlich, wir sollten uns unbedingt anschließen.

Der Fluchtwagen besteht aus einem alten Traktor und einem klapprigen Anhänger. Mein 80-jähriger Großvater, der schon sehr erschöpft wirkt, weint über unser Wiedersehen. Meine Tante und ihre beiden Söhne sind mit ihm schon mehrere Tage auf der Flucht, nun sind auch wir dabei und sitzen dicht gedrängt mit zwölf anderen Personen in dem viel zu engen klapprigen Wagen mit löchriger Plane. Mitten in der Nacht fahren wir weiter, wir wissen nicht wohin. Es ist bitterkalt. Meine Schwester erinnert sich noch heute an ihre schmerzenden Füße, die noch tagelang erstarrt sind. Es ist stockfinster, doch trotzdem müssen die Scheinwerfer wegen der Fliegerangriffe ausgeschaltet bleiben. Unser Fahrer ist ein Neffe meiner Tante und vom Militär freigestellt, um Flüchtlinge zu transportieren. Die Trecks werden vom Roten Kreuz organisiert, das bedeutet, wir bekommen etwas zu essen und wenn möglich eine Nachtunterkunft.

Unser nächster Halt ist ein Ort in der Oberlausitz, wir werden bei Bauern untergebracht. Sie zeigen uns deutlich ihre Abneigung, sogar mit deftigen, verletzenden Worten. Sie verstehen nicht, warum wir alles zurückgelassen haben. Lydia begreift den Ernst der Lage noch nicht, trotzdem erspürt sie täglich sehr aufmerksam die belastende Situation, aber die Flucht empfindet sie auch als etwas Abenteuerliches. Norbert weiß nicht, warum Mutter jetzt so traurig ist und oft heimlich weint. Warum sind seine Freunde nicht hier? Er will lieber Roller fahren und wie früher herumtoben, doch hier auf dieser fürchterlichen Reise ist es so kalt und trostlos. Und was ist mit mir? Früher haben doch meine Geschwister und ihre Freunde fröhlich mit mir gespielt, meine wenigen Babylocken mit Ausdauer und Begeisterung gebürstet. Doch jetzt liege ich lange Zeit im Kinderwagen und schaue, was um mich herum geschieht. Mein 16-jähriger Cousin Peter muss fleißig beim Transport mithelfen, oft ist er durch die schwere ungewohnte Arbeit überfordert und so müde, doch er beklagt sich nie.

Wir sind jetzt zwei Monate unterwegs, wieder ist es Nacht. Da fällt Peter vom Traktor und wird überrollt. Er muss sehr müde gewesen sein. Der Unfall hat tödliche Folgen. Meine Tante ist tief erschüttert. Wir versuchen, sie zu trösten. Doch wir fühlen, letztlich ist sie mit ihrem großen Schmerz doch allein. Sie muss den toten Sohn hier zurücklassen, so fehlt ihr auch der Ort, an dem sie ihre Trauer ausdrücken kann. Unsere Flucht muss weitergehen.

Meine Mutter forscht über das Rote Kreuz nach Vater, bis jetzt gibt es kein Lebenszeichen von ihm.

Die Stimmung der Heimatvertriebenen ist resigniert, manchmal auch gereizt. Obwohl die Turnhallen, in denen wir manchmal übernachten, groß sind, bieten sie doch nicht genügend Platz für die vielen Menschen, die während der Nacht Schutz suchen. Die Leute schimpfen, wenn ich nachts vor Hunger schreie. Meine Mutter kniet völlig entkräftet und übermüdet an meinem Kinderwagen und schaukelt mich sanft, um mich zu beruhigen. Dann werde ich während der Reise sehr krank. Durch Mundfäule und starkes Fieber kann ich kaum Nahrung zu mir nehmen. Manche Begleiter geben mir keine Überlebenschance. Doch ich werde wieder gesund.

Ende April 1945 nähern wir uns nach vier Monaten Umherirren völlig erschöpft Bayern. So soll Neudorf, ein kleiner Ort in der Fränkischen Schweiz, unsere letzte Station sein. Nun beginnt die »Verteilung« der jeweiligen Mütter mit Kindern auf die Bauernfamilien. Zum Schluss bleibt meine Mutter mit uns drei kleinen Kindern übrig – wir sind doch keine Hilfskräfte! Familie Meister nimmt uns schließlich auf ihrem Bauernhof auf, wo ein winziger Raum nun unser neues Zuhause ist. Wir sind dankbar, endlich ein festes Dach über dem Kopf zu haben. Herr Meister ist ein gütiger und gescheiter Mann. Wir beobachten, wie er Menschen und Tiere gleichsam achtet. Ein paar Jahre später wird er von seinem Stier bei der Ackerarbeit totgetrampelt. Sein Tod hat uns tief berührt, ich erinnere mich noch daran, wie sehr ich damals weinte, als ich mit meiner Mutter von Schnaittach zu seiner Beerdigung fuhr.

Meine Mutter arbeitet auf dem Hof mit. Lydia und Norbert helfen bei der Ernte und wo sie gebraucht werden.

Inzwischen ist mein Vater aus englischer Gefangenschaft entlassen worden und forscht nach uns. Über den Suchdienst erfährt er, wo seine Familie lebt, und erreicht uns im Mai 1946. Die Freude über das Wiedersehen kann ich nicht in Worte fassen.

Lydia und Norbert erkennen den Vater nicht wieder. Stark abgemagert, die Strapazen des Krieges noch im Gesicht, ist er für beide fremd, es ist nicht der Vater, den sie in Erinnerung haben und auf den sie gewartet haben. Für mich ist mein Vater ein völlig fremder Mann.

Er arbeitet zunächst auf dem Bauernhof als Knecht. Da keine

Urkunden vorhanden sind, muss mühevoll nach mehreren Zeugen gesucht werden, die bestätigen können, dass mein Vater in Breslau als Postbeamter tätig war. Viele Monate dauert es, dann bekommt er eine Anstellung bei der Post in Schnaittach. Schon wieder müssen wir uns trennen. Schnaittach ist 30 Kilometer entfernt, die Busverbindung ist äußerst ungünstig. Nun lebt er allein in einem möblierten Zimmer und kann nur selten zu uns heimkommen, da das Geld für die Heimfahrt nicht reicht.

Meine Geschwister müssen oft barfuß einen steinigen Waldweg nach Obertrubach zur Schule gehen, denn Schuhe gibt es nur auf Bezugsschein, und der ist meistens schon für lebenswichtige Dinge verplant. Im Winter bringen die Schulkinder das im Sommer gesammelte Holz zum Schüren des Ofens für das Klassenzimmer mit. Jeweils eine Lehrkraft unterrichtet vier Jahrgangsstufen. Lydia und Norbert freuen sich, bald neue Freunde gefunden zu haben. Ich erforsche jetzt auch ein bisschen die nähere Umgebung und schließe Freundschaft mit den vielen Kätzchen und dem Hofhund Bello. Drei Jahre lang sucht mein Vater nach einer passenden Wohnung für uns, dann ist es schließlich so weit. Wir können nun mit unserem Vater zusammen in einer schönen Wohnung in Schnaittach leben.

Als Erwachsene pflegen wir drei Geschwister ein Ritual. Jedes Jahr im Sommer besuchen wir Neudorf. Hier hat sich in 60 Jahren wenig verändert. Alte Erinnerungen werden dann wieder wach. Der Ort hat für uns eine magische Anziehungskraft. Ich liebe meine Geburtsstadt Breslau, doch in Bayern bin ich groß geworden, hier bin ich zu Hause.

Georg Masnitza
BROT. Hindenburg, Frühjahr 1945

Wir lebten damals in Hindenburg, Oberschlesien. Ich war knapp sechs Jahre alt. Im Herbst sollte meine Schulzeit beginnen, im Januar überrollte die Rote Armee unser Land.

»Komm«, sagte meine Mutter, »wir versuchen bei ›Silesia‹ Brot zu bekommen.«

»Kommt denn Papa nicht mit?«

»Nein, du weißt doch, seine Beine. Er kann seit seiner Kindheit nur langsam gehen und sie würden ihn erwischen und internieren.«

»Was ist das, internieren?«

»Alle deutschen Männer werden mitgenommen, in ein Lager gesteckt, wo sie schlecht behandelt werden und für die Russen oder für die Polen schwer arbeiten müssen.«

Ich wollte noch etwas fragen, aber meine Mutter sagte: »Komm jetzt, wir müssen gehen.«

»Aber dort draußen sind doch diese Leute!«

»Ich weiß, aber wir müssen es trotzdem versuchen.«

»Diese Leute«, das waren Polen, keine Soldaten, sondern bewaffnete Zivilisten mit einer Armbinde. Sie kamen nach dem Durchzug der Kriegsfront in unsere Stadt und führten das fort, was die russischen Soldaten der Zivilbevölkerung an Grausamkeiten angetan hatten. Mutter schloss die Haustür auf und beißender Verbrennungsgeruch schlug uns entgegen. Wir blickten uns erst einmal um. Die Straße war leer und es war ruhig, gespenstisch ruhig.

Als die Tür wieder geschlossen war, rannten wir auf die gegenüberliegenden Häuser zu, an Schrebergärten vorbei, überquerten die Kattowitzer Straße und gingen rasch weiter zwischen einstöckigen Familienhäusern mit Vorgärten, die etwas Sichtschutz boten, bis zur Saarlandstraße. Jetzt mussten wir aus unserer Deckung heraus und einige hundert Meter bis zur Bäckerei »Silesia« laufen. Es blieb ruhig, trotzdem blickten wir uns immer wieder ängstlich um, bis wir die Bäckerei erreicht hatten.

Ein wunderbarer Duft von frischem Brot stieg uns in die Nase und es war wohlig warm in der weiß gekachelten Backstube mit den schwarzen Mäulern der Backöfen. Mit zwei Broten traten wir den Rückweg an. Es ging alles gut, bis wir an der Kattowitzer Straße angekommen waren.

Ein Schuss. Dann mehrere Schüsse und ganze Salven peitschten durch die Luft. Schreie gellten. Wir zuckten zusammen und duckten uns. Wie versteinert warteten wir in panischer Angst. Als meine Mutter gemerkt hatte, dass wir nicht entdeckt worden waren, sagte sie leise: »Komm, wir müssen jetzt schnell nach Hause.«

Wir rannten los. Wieder Schüsse und Schreie, aber wir rannten weiter.

Mit meinen kurzen Beinen konnte ich mit dem Tempo meiner Mutter nicht mithalten. Sie hielt meine Hand und ließ nicht los. Ich bin mehr gezogen worden, als ich gelaufen bin. Als wir in der Nähe unseres Hauses waren, legten wir eine kurze Pause in einer ausgeplünderten Fleischerei ein. Mein Knie blutete und schmerzte. »Wir sind gleich da und zu Hause werde ich dein Knie verbinden«, flüsterte meine Mutter.

Als die Haustür wieder verschlossen war und wir unsere Wohnung in der ersten Etage erreicht hatten, rang ich noch immer nach Luft, zitterte vor Angst und Anstrengung. Blut rannte über mein Knie. Vater öffnete die Wohnungstür und ließ uns herein. Er strich mir über mein Haar, sagte etwas Tröstendes zu mir. Ich ergriff seine Hand und hielt sie fest. Mein Knie blutete und schmerzte immer noch, aber das war alles nicht mehr so wichtig.

Nur eines war jetzt wirklich wichtig: WIR HATTEN WIEDER BROT!

Brigitte Pothmann
Der Spatz in der Hand

Geschafft! Erleichtert lässt sich Anna auf der Holzbank des Zuges nieder. Sie hatte schon in aller Frühe die Schweine gefüttert, ihrem Mann letzte Anweisungen gegeben, noch schnell eine Tasse Malzkaffee getrunken und war dann zum Bahnhof geeilt. Es war ein kalter Tag im Dezember 1947. Anna hatte die wärmste Kleidung, die sie besaß, angezogen. Eine Decke, als Mantel genäht, und Stoffschuhe mit einer Ledersohle. Doch heute sollte alles besser werden. Sie wird ihre Schwiegertochter Marta in der Stadt besuchen. Dort gibt es in der Nähe Möglichkeiten, Lebensmittel gegen Kleidung und Schuhe zu tauschen. Bei dem Gedanken wird Anna ganz warm und sie streicht liebevoll über die Tasche auf ihrem Schoß. Ein riesiges Stück Schinken, das Beste, das sie hatten, befindet sich darin. Dafür kann ich bestimmt für meine Familie warme Kleidung bekommen, freut sich Anna, und vielleicht sogar noch ein Paar richtige Schuhe für mich. Ganz in Gedanken versunken ist Anna erstaunt, schon am Ziel zu sein. Marta empfängt sie aufgeregt:»Gut, dass du schon da bist, lass uns gleich losgehen. Die Tauschmöglichkeit liegt etwas außerhalb, je eher wir dort sind, desto mehr Auswahl haben wir. Hast du auch genügend Lebensmittel dabei?« Stolz zeigt Anna ihr das große Stück Schinken. Erwartungsvoll gehen sie los. Die Zeit vergeht im Flug, so viel haben sie sich zu erzählen. Nach einer Stunde sind sie am Ziel. Sie betreten ein graues Haus, eine mürrische Frau fragt sie nach ihrem Anliegen.»Ach so«, antwortet die Frau,»dann geben Sie mal her und dann sehen wir weiter.« Ohne das gute Stück Schinken auch nur anzusehen, nimmt sie es, bringt es in einen Nebenraum und wirft es achtlos auf einen Berg Lebensmittel. Anna und Marta schauen sich wortlos an. So viele gute Sachen hatten sie schon lange nicht mehr gesehen.»Für Ihren Schinken bekommen Sie Baumwollgarn und eine Decke«, sagt die mürrische Frau. Anna und Marta sind sehr enttäuscht, aber Verhandeln ist zwecklos. Lustlos nehmen sie eine Decke von einem Stapel, greifen einige

Baumwollgarnrollen – die Frau murmelt die Zahl zehn – und verlassen grußlos das Haus. Stumm gehen sie ein paar Schritte, als Anna plötzlich stehen bleibt und ihre Wut herausbrüllt: »So eine Frechheit, hätten wir doch den Schinken selber gegessen. Jetzt haben wir Hunger und obendrein frieren wir auch noch!« »Aber von dem Garn kann ich doch eine Menge Pullover stricken«, versucht Marta Anna zu beschwichtigen. »Komm, lass uns weitergehen, es ist noch ein ganz schönes Stück zu laufen.« Anna aber will nicht mehr. Trotzig setzt sie sich am Straßenrand nieder. »Ich gehe keinen Schritt mehr.« »Das kannst du doch nicht machen«, entgegnet Marta, »steh endlich auf, du erfrierst sonst.« »Nein«, bekräftigt Anna, »du kannst machen, was du willst, Marta, ich gehe keinen Schritt weiter.« Verzweifelt geht Marta auf der Straße auf und ab. Es gibt wenig Privatautos in jener Zeit, wer soll die beiden Frauen da schon mitnehmen? Wie ein Wunder taucht plötzlich in der Ferne ein Lastauto auf. Winkend und laut gestikulierend stellt Marta sich mitten auf die Straße. Und tatsächlich, das Auto hält an. Karl, den Marta von ihrer Arbeitsstelle kennt, steigt aus und begrüßt sie: »Was machst du denn hier?« Marta erzählt ihm die ganze Geschichte und dass Anna keinen Schritt mehr gehen will. »Nun, dann steigt mal hinten auf den Wagen. Ich muss zwar erst noch Holz zum Feuern für das Auto laden, aber anschließend fahre ich euch dann nach Hause. Haltet euch aber gut fest.« Erleichtert steigen Anna und Marta auf die Ladeplattform des Lastwagens. Da meint Anna: »Der Spatz in der Hand ist eben doch besser als die Taube auf dem Dach.« Die beiden schauen sich an und schmunzeln. »Ich kann so jeden Pullover nach eigenen Wünschen stricken«, entgegnet Marta, »wie soll denn deiner aussehen?« Jetzt wird das gesamte Garn verplant, und etwas zufriedener erreichen sie ihren Wohnort.

Weihnachten 1949

Martin ist fünf Jahre alt und lebt in einer kleinen Stadt in Westfalen. Zusammen mit seinem jüngeren Bruder Robert und seinen Eltern müssen sie sich zwei Zimmer teilen. Das Stadtzentrum ist von den Engländern besetzt und in den Außenbezirken rücken die Bewohner zusammen. In Behelfsbaracken haben sich inzwischen einige Geschäfte etablieren können, unter anderem das Spielzeuggeschäft Hitzemann. An den warmen Herbsttagen spielt Martin stundenlang mit den anderen Kindern auf einem freien Platz vor den Bunkeranlagen – natürlich Kriegskämpfe. Alles Mögliche dient als Waffe: Äste, Steine, Blätter. Jeden Abend, bevor Martin nach Hause zurückkehrt, schaut er noch bei dem Spielzeuggeschäft vorbei. Eines Tages entdeckt er in der Auslage einen Blechpanzer. »Damit könnten wir richtig Krieg spielen«, denkt er und läuft schnell zu seiner Mutter. »Mutti, bei Hitzemann steht im Fenster ein Spielzeugpanzer, den muss ich haben.« Erschrocken blickt die Mutter ihren Sohn an. »Was ist das für eine schreckliche Zeit«, denkt sie, »dass selbst Kinder Krieg spielen.« Sie erklärt Martin: »Der Krieg ist doch vorbei, ein Panzer zum Spielen kommt nicht in Frage.« Traurig überlegt Martin ein paar Sekunden, dann antwortet er trotzig: »Dann wünsche ich mir einen vom Christkind.«

Jeden Abend schickt Martin seine Bitte zum Christkind. Er kann es kaum erwarten, bis der Heilige Abend kommt. Endlich ist es so weit. Er kommt mit seinem Bruder und den Großeltern von einem Spaziergang zurück. »Das Christkind war da«. begrüßen die Eltern die Ankömmlinge, »es hat viele Geschenke abgeladen, kommt schnell herein.« Erwartungsvoll betreten sie das Wohnzimmer. Die Kerzen am Weihnachtsbaum brennen, die Eltern stimmen ein Weihnachtslied an, der Großvater liest die Weihnachtsgeschichte vor. Martin kann es kaum erwarten, seinen Panzer auszupacken. »Fröhliche Weihnachten und Frieden auf Erden«, wünschen sich alle. Nun erklärt die Mutter, für wen welche Pakete bestimmt sind. Martin kann sie gar nicht schnell genug öffnen. Zuerst ein Paar Strümpfe, dann eine Schachtel mit Buntstiften, ein Papierblock, Karamellbonbons, ein Paar Stelzen, aber wo ist der Panzer? Martin ist den Tränen nahe. »Wo ist mein Panzer?«, fragt er trotzig und schaut sich wütend im Zimmer um. »Ich habe doch einen Panzer beim Christkind bestellt!« Da fällt sein Blick auf ein noch ungeöffnetes Paket hinter dem Sessel. Da ist mein Panzer, denkt er sich, stürzt sich auf das Paket und beginnt sofort an der Verpackung zu zerren. »Dieses Paket ist nicht für dich«, meint der Vater, wütend darüber, dass Martin seine Geschenke keines Blickes würdigt. Enttäuscht schaut Martin seinen Vater an: »Wo ist denn jetzt mein Panzer?« Der Vater erklärt Martin, dass nicht immer alle Wünsche in Erfüllung gehen können. »Schau, Martin, wir sind sehr froh, dass der Krieg vorbei ist, es macht bestimmt größeren Spaß, mit Stelzen zu spielen als mit Panzern.« Doch Martin schaut an jenem Heiligen Abend 1949 traurig und finster drein.

Anni Raab
Krieg und Frieden

Der schon gewohnte Fliegeralarm riss uns bei eisig kalter und finsterer Nacht aus den warmen Betten, hinaus in den kahlen Rüben-Luftschutzkeller. Das war am 15. Januar 1945. Ein Krachen und Beben ringsum. Der Bombenregen galt dieses Mal auch uns in der Ingolstädter Südstadt. Kniend und laut betend flehte die Familie um den Schutz des Allmächtigen. In der Nähe unseres Hauses bot sich ein grauenhafter Anblick. Bombentrichter, zerstörte Häuser, Tote, Verletzte, Hilferufe von Verschütteten! Und das in dunkler Nacht.

Meine Familie beschloss, durch die Bomben geschockt, mich als werdende Mutter in Sicherheit zu bringen. Ich wurde zu meiner Großmutter evakuiert, in die Einöde Rosenschwaig bei Ingolstadt, die Heimat meiner Mutter. Die ganze Hilfe suchende Verwandtschaft hatte sich dort schon eingefunden. Jeder hatte persönliches, für ihn wertvolles Gepäck mitgebracht. Wegen der französischen Tieffliegern, die auch ihre Opfer an Wehrlosen suchten, war es ratsam, in der warmen Stube zu bleiben. Das war manchmal eine Qual. Ab und zu konnten wir durch den Volksempfänger verbotenerweise erfahren, wo die Front stand. In der Enge der Verwandtschaft erlebte ich die Wartezeit bis zur Niederkunft.

Am 7. März 1945 war es so weit. Meine Mutter und die Freundin unserer Familie, die Hebamme Assenbrunner, standen mir bei. Pflichtbewusst startete diese weise Frau mit ihrem Sachs-Motorrad unter größten Gefahren zu mir. Das Benzin war damals rar und kontingentiert. In Großmutters Bett kam unser Kind zur Welt. Ein Bub mit über neun Pfund Gewicht. Das deprimierende Dasein war überstrahlt von der schweren, doch glücklichen Geburt. Aber, wo war mein Mann? Wo kann er sein – und lebt er noch? Unser Kind Johann Michael Martin wurde in unserer Heimatkirche St. Anton getauft. Der Weg dorthin war äußerst gefährlich. Es war die letzte Taufe unseres Pfarrers in unserer Kirche. Am 15. April 1945 fiel die Kirche den feindlichen Bomben zum Opfer. Unser Pfarrer, ein

Kaplan und zwei Ordensschwestern kamen unter den Trümmern ums Leben.

Bei uns in der Rosenschwaige sammelten sich inzwischen versprengte Soldaten. Mit ihnen kam die Nachricht, dass die Amerikaner bereits am gegenüberliegenden Donauufer Stellung bezogen hatten. Einmannlöcher sollten gebaut werden. Dazu kam es aber nicht mehr. Ingolstadt war von den Amerikanern bereits besetzt. Die kriegerischen Tätigkeiten nahmen allmählich ab. Plünderungen folgten.

Ich wollte mit meinem Kind unbedingt nach Hause. Unser russischer Fremdarbeiter Jan, mich beschützend, mit dem Pferdefuhrwerk voraus und ich mit dem Kinderwagen hinterher, so zogen wir den langen mühsamen Weg nach Hause. Dort keine Fenster, keine Türen, ringsum Bombentrichter, Ratten huschten herum. Flüchtlinge und Vertriebene suchten verzweifelt eine Herberge.

Hitler, der »Führer des Großdeutschen Reiches«, hatte sich in der Reichskanzlei in Berlin das Leben genommen. Das deutsche Volk wurde nun von den Siegermächten verwaltet. Die Not war groß!

Am 8. Mai war Kriegsende. Frieden gab es aber noch nicht. Ich bangte um meinen Mann. Erst am 10. August kam er aus englischer Gefangenschaft nach Hause. Jetzt waren wir eine Familie. Ein neues Leben begann. Heute noch sind wir dankbar, dass mein Mann heimkehrte.

Wenn ich mich an diese Zeit erinnere, denke ich oft:
»Krieg und Frieden haben ihre Wurzeln im Herzen des Menschen. Dort ist die Brutstätte des Krieges und die Keimzelle des Friedens.«

Johann Raab
Meine ersten Nachkriegs- und Studienjahre

Am 10. August 1945 kam ich aus englischer Gefangenschaft in Schleswig-Holstein nach Hause. Die Freude war groß, als ich meine Frau und meinen Sohn, den ich noch nicht gesehen hatte, in meine Arme schließen konnte. Nach der Freude kam aber bald die Ernüchterung. Meine Heimatstadt Ingolstadt war zum Teil zerstört. Das Elternhaus meiner Frau, in dem wir eine Kleinstwohnung hatten, wies starke Schäden auf. Ich war damals 26 Jahre alt, Oberleutnant, mit Abitur, ohne Beruf. Dazu hatte ich Frau und Kind. Sieben Jahre in Uniform lagen hinter mir. Für das Erste hatte unsere Familie bei meinen Schwiegereltern Essen und eine Bleibe. Zudem fand ich im landwirtschaftlichen Betrieb meiner Schwiegereltern als Traktorfahrer eine, wenn auch ungewohnte, Arbeit.

Aber so konnte es nicht weitergehen. Schon im Winter 1941/42, als es an der Russenfront ruhig war, hatte ich die Möglichkeit gehabt, an der Technischen Hochschule in München ein Semester Bauwesen zu studieren. Diese Studienzeit war nach den vorhergegangenen Kriegsjahren nicht sehr produktiv, mehr ein Urlaub auf Ehrenwort. Als dann im Mai 1946 die Technische Hochschule in München wieder den Betrieb aufnahm, war es mir etwas leichter. Nachdem ich die politischen und sonstigen Voraussetzungen für den Studienbeginn erfüllte, konnte ich mich gegen eine Gebühr von 152 DM einschreiben. Ich zählte zu den ersten Auserwählten. Die Hochschule war im Krieg bis auf den Gebäudeteil an der Gabelsbergerstraße, in dem sich der kleine Hörsaal befand, und das Theresianum größtenteils zerstört worden. Im Zuge des Wiederaufbaus der Hochschule mussten alle Studenten während der ersten Semester, so weit sie gesundheitlich in der Lage waren, gegen eine geringe Entlohnung im Hochschulgelände Aufräumungsarbeiten verrichten.

Und wo wohnte ich? So lange ich in München kein Zimmer hatte, fuhr ich täglich mit dem Zug von Ingolstadt nach München und wieder zurück. Anfangs hatten die Personenwagen zum Teil keine verglasten Fenster. Da war es schon etwas Besonderes, wenn mich meine Eisenbahnerkameraden, die nach München zur Arbeit fuhren, in ihr intaktes Eisenbahnabteil winkten. Nach einigen Monaten bekam ich dann durch Vermittlung einer bekannten Münchner Familie auf der Schwanthaler Höhe, im Hause Gollierstraße 44/1 bei der Familie Josef Zankl ein Zimmer, besser gesagt eine Schlafstelle. Ein Sofa im sogenannten Wohnzimmer, das für mich nicht zum Wohnen, sondern nur zum Schlafen bestimmt war und mangels Brennmaterial auch im Winter nicht beheizt wurde. Meine Arbeiten für die Hochschule führte ich meist in einem der wenigen Hörsäle der Hochschule und abends in der Küche meiner Hausleute aus. Von ihnen bekam ich übrigens auch das tägliche Essen. Mein Hauswirt »Papa Zankl« fuhr nämlich mit einem Dreirad die Volksspeisung aus. Jeden Tag brachte er so viel Essen mit nach Hause, dass ich am Abend auch noch abgespeist werden konnte. Ein Glücksfall! In der Mensa brauchte ich deshalb nicht essen.

Und wie kam ich von der Schwanthaler Höhe bis zur Hochschule in der Gabelsbergerstraße? Anfangs ging ich die zirka vier Kilometer lange Strecke zu Fuß. In der Straßenbahn war kein Platz zu bekommen. Sie war von den Vororten her schon so überfüllt, dass unterwegs niemand mehr zusteigen konnte. Und wer sich als Trittbrettfahrer schon einmal außen anhängte, lief Gefahr, von der amerikanischen Militärpolizei rigoros heruntergeknüppelt zu werden. Nach etwa einem Jahr fuhr ich dann mit einem Fahrrad zur Hochschule. Dieses Vehikel war so miserabel, dass ich es beim Abstellen nicht einmal absperren musste. Diebe hatten es auf so etwas nicht abgesehen. An den Wochenenden begab ich mich meist nach Hause, am Sonntagabend fuhr ich wieder zurück.

Die ersten Semester vergingen ohne Schwierigkeiten. Als dann meine Frau im April 1948 ernsthaft erkrankte, war meine Belastung ganz erheblich. Sie musste vier Monate in ein Sanatorium. Um meinen Sohn kümmerten sich nun meine Schwiegereltern. Auch das Geld wurde knapp. Deshalb fuhr ich in den Semesterferien nicht mit dem Zug, sondern mit dem Fahrrad 150 Kilometer weit, um meine Frau zu besuchen.

Während des Studiums gab es kein Bummeln. Die Studenten waren mit Ernst bei der Sache. Natürlich war das Studium nach der langen Zeit seit dem Abitur im Jahre 1938 kein Honiglecken. Die Mathematik bereitete manchmal Schwierigkeiten. Deshalb ging ich, wie viele andere, zum Pauker Radikowitsch, kurz »Radi« genannt. In einem überfüllten Kellerraum brachte er uns das noch fehlende mathematische Wissen bei.

Im Frühjahr 1949 fing meine Frau wieder zu kränkeln an. In diese Zeit fiel der Rest meiner Diplom-Hauptprüfung. Nach dem Sommersemester 1949 konnte ich dann nach vielen Entbehrungen und Belastungen mein Studium als Diplom-Ingenieur der Fachrichtung »Bauwesen« beenden. Damit hatte ich die Voraussetzungen für das Berufsleben. Aber wie war es damals?

Zunächst war ich arbeitslos, ohne Unterstützung, da ich vor dem Studium nicht offiziell gearbeitet hatte. Meine Frau musste am 27. Oktober 1949 abermals, dieses Mal für elf Monate, in ein Sanatorium. Wieder halfen meine Schwiegereltern, die meinen Sohn versorgten und mich als landwirtschaftlichen Arbeiter aufnahmen.

Erst am 1. Juli 1950 habe ich beim damaligen Straßenbauamt in Nürnberg mit einem Gehalt von 400 DM und 75 DM Trennungsentschädigung pro Monat eine Anstellung gefunden. Diese 475 DM waren mein erstes berufliches Einkommen, mein erstes selbst verdientes Geld. Für mich und meine Familie hatte eine neue Zeit begonnen.

Manfred Schäf
Es geschah im Februar 1945

1945. Der Krieg ging in seine letzte Runde. In dem kleinen, fränkischen Dorf Rednitzhembach spürte man nicht viel vom Krieg. Zwar waren ausgebombte Familien aus Nürnberg angekommen, die man einquartieren musste, jedoch von Kampfhandlungen war man verschont geblieben.

Am 28. Februar schien die Sonne und eine Frühlingsahnung lag in der Luft. Hoch am Himmel flogen zwei Krähen mit schwerfälligem Flügelschlag. Die Freunde Michael und Hans standen vor dem Gartentor einer Nachbarin und unterhielten sich mit ihr. Michael sollte in diesem Herbst in die Schule kommen. Hans war schon ein Jahr älter.

Das Gespräch verstummte, als plötzlich das laute Brummen eines Lastwagens, der unten auf der Dorfstraße fuhr, zu hören war. Im gleichen Augenblick ertönten die Klänge einer Mundharmonika, – die Melodie von »Lili Marleen«. Michael war zum Grundstück seines Onkels geeilt. Da stand er am Zaun und lauschte den Tönen hinterher, so, als müssten sie unbedingt wieder erklingen, um ihren Zauber weiterzuspinnen.

»Das waren bestimmt Soldaten«, sagte die Nachbarin, ein Mädchen von etwa 16 Jahren. Ein junger Mann schritt durch das Gartentor des Onkels. Es war Ludwig, der Cousin von Michael. »Na, habt ihr was gesehen? Ja, es waren Soldaten auf einem Armeewagen. Einer spielte Mundharmonika.«

Der Schusterjunge Hans unterbrach das Gespräch. »Habt ihr auch gehört, dass Klaus Lehmann jetzt doch noch eingezogen wurde? Hoffentlich überlebe ich, hat er gesagt. Ich sah, wie meine Mutter weinte.«

Ludwig setzte gerade zur Antwort an, als ein Dröhnen in der Luft alle Gesichter in eine Richtung zog. Jemand schrie: »Tiefflieger!« Alle rannten davon, ohne zu bedenken, dass keine Gefahr für die Gruppe bestand, weil sie zu weit entfernt war. Michael rannte nach Hause. Als er am alten Fliederbusch kurz vorm Gartentor angekommen war, begannen Maschinengewehre zu hämmern. In Todesangst stürzte der Junge durch das Tor – es war ihm, als hätten sich Kugeln in seine rechte Hüfte gebohrt. Atemlos setzte er sich in der Küche auf das Sofa. Die Mutter nahm ihn wortlos in die Arme. Dann erzählte er leise von dem Geschehen. Gegen Abend kam Ludwig und erzählte, was geschehen war. Die amerikanischen Flugzeuge hatten den deutschen Armeewagen in Höhe des sogenannten »Windloches« am Ortsende angegriffen. Fünf Soldaten waren sofort tot – drei schwer verletzt. Ein mitgeführter Anhänger aus Aluminium, der Treibstoff enthielt, brannte völlig aus. Die drei schwer Verletzten waren nicht zu retten. Fünf Soldaten wurden auf dem Dorffriedhof beerdigt. Schlichte Holzkreuze – jedem ein Stahlhelm aufgestülpt – zeugten davon. Mit dem Monat Mai kam das Kriegsende. Als Michael im Herbst zur Schule ging, sah er im Hof der Gastwirtschaft »Zum goldenen Ochsen« den von Kugeln durchsiebten Treibstoffanhänger. Ein Wrack, das an den Krieg mahnte.

Sommer 1945

In jenen Augusttagen brannte in dem kleinen fränkischen Dorf Rednitzhembach die Sonne von einem wolkenlosen Himmel. Frauen warteten auf ihre Männer, die noch in Gefangenschaft waren. Die Kriegsschäden waren überall zu sehen. Da standen hier und da ausgebrannte Armeefahrzeuge mit Einschusslöchern. Nicht weit vom Dorf entfernt waren tiefe Bombenkrater zu sehen. In der Ortschaft war ein abgebranntes Haus zu finden. Waffen und Munition lagen in den Wäldern umher. Die Menschen hungerten. Viele Heimatvertriebene waren unterwegs und bettelten bei den Bauern.

Die Bauernkinder wurden auf den Höfen und Feldern schon zu Arbeiten eingesetzt; die anderen Kinder aber hatten mehr Freizeit. Sie genossen den herrlichen Sommer, barfuß und in luftiger Kleidung.

Der fünfjährige Werner und sein älterer Freund Gerhard streunten in Wald und Wiese umher. Werner blieb plötzlich auf dem sandigen Waldweg stehen: »Schau mal, wie schön das ist, barfuß in dem weichen kühlen Sand zu wühlen«, sagte er zu Gerhard und pflügte mit den großen Zehen den Sand. »Ja, schön«, meinte Gerhard. »Aber bist du schon mal barfuß über eine dicke Baumwurzel gestolpert? Das tut gut, kann ich dir sagen. Da ziehst du gerne wieder Schuhe an.«

»Ich bin ganz verrückt nach diesem weichen, samtigen Sand, es ist ein herrliches Gefühl – vielleicht ähnlich wie der erste Frühlingswind, oder wie ein gutes Essen.«

»Hm, hör bloß auf davon, ich krieg schon wieder Hunger. Einen einzigen Teller Suppe habe ich heute bekommen. Was glaubst du, was heute morgen los war? Der Bäcker hatte kein Brot! Er hat meine Mutter auf morgen vertröstet, doch er glaubt, dass er in den nächsten Tagen überhaupt kein Mehl bekommt. Das heißt also weiterhin: Suppe, Nudeln, Suppe und ein paar Kartoffeln und ...«

»Wir haben einen großen Garten mit Gemüse und Obst«, fiel ihm Werner ins Wort.

»Letztes Jahr gab es eine Riesenüberraschung. Der Postbote brachte ein großes Paket. Absender: mein Vater in Frankreich. Gespannt öffnete meine Mutter den Karton und da lagen Salamiwürste in Reih und Glied. Wir probierten gleich eine Wurst. Köstlich, kann ich dir sagen, so was Gutes hab ...«
»Krr«, ächzte Gerhard, »mir wird noch schwindlig. Komm, wir gehen zu der Stelle, wo wir kürzlich die Walderdbeeren gesehen haben.«
»Ich wollte aber doch noch mal den alten Panzerspähwagen sehen«, quengelte Werner.
»Kannst du doch«, versprach Gerhard. »So viel Zeit haben wir.« Sie hatten die Erdbeeren schnell gefunden, die schon überreif waren. »Ha – wie die schmecken«, schmatzte Gerhard zufrieden.
»Da braucht man aber sehr viele, um satt zu werden«, bemerkte Werner und genoss die letzte, extra große Beere. »Aber jetzt gehen wir zum Spähwagen«, sagte er entschieden. Bald waren sie an der Stelle, wo das ausgebrannte Fahrzeug abseits der Schwander Straße in der Wiese stand. Schweigend umrundeten sie den Spähwagen. Rost hatte sich innen und außen angesetzt; von der ursprünglichen Tarnfarbe war nichts mehr zu sehen. Werner brach das Schweigen. »Ob sie den wohl mit Tiefffliegern beschossen haben?«, sinnierte er mehr für sich, als eine Antwort erwartend.
»Nein«, widersprach Gerhard. »Ein Deutscher hat auf den Wagen eine Panzerfaust abgeschossen. Zwei oder drei Amerikaner starben dabei. Ich weiß es, weil mein Onkel es erzählt hat.« Werner war sprachlos. Vielleicht war diese Stelle nicht geheuer. Plötzlich krachte es im nahen Unterholz und beide Buben erschraken. Gerhard ergriff Werners rechten Arm und zog ihn hinter sich her. Beide rannten auf die Straße und verschnauften erst einmal. Werners Arm tat furchtbar weh und Tränen stiegen ihm in die Augen. »Was – was war das, vorhin – das Krachen?«, flüsterte er und sah Gerhard ängstlich an. Der zuckte mit den Schultern. »Weiß auch nicht – aber – es könnte ein großes Tier gewesen sein. Also, zu dem Fahrzeug bringen mich keine zehn Pferde mehr hin«, sagte er.
»Ich habe auch erst mal genug davon«, erwiderte Werner. Zügig marschierten sie auf der Asphaltstraße nach Rednitzhembach zurück. Bald waren die ersten Häuser in Sicht. »Es wird auch Zeit, dass ich was Kräftiges zwischen die Zähne bekomme«, sagte Gerhard.

Schwitzend und atemlos betrat Werner das Elternhaus und ging gleich in die Küche. Nun spürte auch er Hunger. Die Mutter war nicht im Zimmer. Da sah er den alten, kleinen Rucksack auf dem Küchenbüfett liegen. Er war etwas geöffnet und Brot lugte hervor – kleine und kleinste Stücke, zwei Bissen groß, andere hatten die Größe eines Apfels. Werner staunte. Da kam die Mutter herein. Der Bub deutete auf den Rucksack. »Woher kommt denn das Brot?«

»Die Großmutter hat Brot gehamstert. Weißt du nicht, dass es wegen der Kriegsfolgen kein Mehl gibt und wenn es an Mehl fehlt – gibt's auch kein Brot. Mancher hat aber doch ein wenig Brot zu Haus und hat uns eben etwas gegeben.« In Gedanken tauchte die Gestalt der Großmutter vor ihm auf. Dunkel gekleidet war sie stets, denn sie war Witwe. Ihre Güte gehörte zu ihr wie die dunklen Kleider.

Als Werner an jenem Abend schlafen ging, war er satt, doch wie oft musste er mit knurrendem Magen einschlafen.

Klaus Schamberger
Das Flussbad in Mögeldorf

Man muss, um Spuren zu finden, an einem heißen Augusttag die Augen schließen, denn die Schaufelbagger haben gründliche Arbeit geleistet, die Architekten haben mit der Vorstadt im Osten ihr Schindluder getrieben. Der Pegelstand der Pegnitz ist auch gleichzeitig der Kontostand auf der Bank. Zwischen der Satzinger Mühle und der Wöhrder Wiese ruht der künstliche Stausee, links und rechts, hässlich genug, die metallgefassten Höhenzüge der neuen Schlösser und Burgen, vierspurige Ringstraßen, funktionierende Ampelanlagen, Parkbuchten und der Luxus eines städtischen Naturschutzgebietes gleich unterhalb der Fabrik. Nachts kühlen Neonleuchten die Szenerie. Man muss, um Spuren zu finden, an einem heißen Augusttag also die Augen schließen, die Ohren zuhalten und die Angst im Herzen für eine Sekunde anhalten.

Kinder laufen barfuß mit schlotternden schwarzen Turnhosen, einen schwarzen, aufgeblasenen Autoreifenschlauch auf dem Kopf und ein Stück Brot in der Hand, auf der Straße zum Fluss. Der Weg geht zwischen dem Doktorshof und dem Frisör den Hollerberg hinunter. Weiter oben die Friedenslinde steht noch. Zehn Pfennige kostet der Eintritt in die städtische Flussbadeanstalt. Die Holzkabinen sind grün gestrichen, wenn der Wind in die Pappeln fährt, sind die Blätter weiß. Die Akazienblüten schmecken wie Honig, und wer zu lange am Holler riecht, der wird bewusstlos vor Glück. Gurkensalat im Einmachglas, Tiroler Nussöl, zerschlissene Decken im sonnenverbrannten Gras, die Achtklässler liegen geheimnisvoll hinter den Haselnussbüschen, da dringt kein Blick durch zu den mageren Mädchen mit den wollenen Badeanzügen, schon eher durch die Astlöcher in den grüngestrichenen Kabinen, abgegriffene Spielkarten, sticht der Ober den Unter. Wenn man sich im Fluss den Fuß an einer zerbrochenen Bierflasche schneidet, schießt das Blut wie aus einer Quelle: rot wie Blut, weiß wie die Blätter der Pappeln und Kornblumenblau. In der Dämmerung gehen Kinder heim über die zwei Brücken der Pegnitz, die Lippen blaugefroren. Auf den Wiesen blöken die Schafe und am Fluss entlang geht die Sonne unter, am Schluss verschwindet sie hinter den Schatten der Stadt. Daheim gibt es Magermilch und Ohrfeigen.

Die Pegnitz hat keine zwei Arme mehr, die Satzinger Mühle kein Mühlrad, es laufen keine Kinder mehr in schwarzen Turnhosen den Hollerberg hinunter zur Straße, und es wird von der Stadt her in der Dämmerung nicht finster, denn die Stadt muss beleuchtet sein. Bald werden Grashalme unter Naturschutz gestellt. Im Stausee ist das Baden verboten, die Grundstücke am See sind Planquadrate. Die Häuser bestehen aus Höhe mal Länge mal Breite Stahlbeton. Verschwunden ist der Johann-Sörgel-Weg, der beim Blumen-Speckhardt ins Tal mündete, den Lauf der Pegnitz nachäffte und entweder beim Altersheim oder an der Wöhrder Wiese wieder verlassen werden konnte. Verschwunden ist der Fußballplatz beim katholischen Kindergarten, verschwunden ist der Pulversee, und es fällt im späten Herbst nicht mehr der Ostwind durchs Tal über das spröd gewordene Schilf her. Früher haben hier Herbstzeitlosen geblüht das ganze Tal entlang, zerrissene blaue, rote Drachen haben am Himmel um ihr Leben gezittert, und gegen das Licht sind die weißen Herbstfäden zwischen Jobst und Mögeldorf entschwebt. Der Sieg des Kunstsees ist vorläufig. Er hat saubere Ufer, saubere Verbotstafeln und saubere Asphaltstraßen rund um sich herum. Das ist in Ordnung. Das künstliche Hochwasser schützt die Bevölkerung vor dem Hochwasser. Das ist geregelt. Die Aufgabe, hin und wieder Spuren zu suchen mit geschlossenen Augen an einem heißen Augusttag, an einem milden Herbstnachmittag und im Winter, tut weh.

Seinerzeit

Neili binni an einen Kinderschbillbladz in der Südschdadd vobbeikummer. Schäi rechdeggerd, wäisis g'herrd. A Zaun drum rum, suu houch fasd wäi die Haiser. Drinner a Rudschn, a Schaukel, a Kledderwürfl aus Eisnschdanger, rechdeggerd, a rechdeggerder Sandkasdn fiir die Hund zum Neischeißn, rechdeggerde Bänk fiirs Wachbersonal. Kinder woorn vereinzld aa anne drinner in den Ferien-Knast. Däi woorn, glaab i, nedd rechdeggerd. Längliche glanne Menschn hald.

Und erschd gesdern hobbi widder an andern Schbillbladz gseeng. An ganz andern. Dou woor desmool a houcher Zaun rum. Drinner a Rudschn, a Schaukl, a rechdeggerder Gledderwürfl aus Eisnschdanger, a rechdeggerder Sandkasdn als Hunde-Abord, rechdeggerde Bänk.

Obwohl a Schild dorddn gschdandn is, a rechdeggerds, dass blouss Bersonen bis zwölf Jahr Zudridd hom, außer mer g'herrd zum Wachbersonal, binni drodzdem nei und hob affern rechdeggerdn Bänkla aweng driiber nouchdenkd, ob die Fandasie vo die Kinder haid langsam aa rechdeggerd zrechdbuung werd. Und dou derbei simmer unsere Schbillblädz fräihers aff aamol im Kubf aufdauchd, seinerzeit:

Die Bengerz, es Wäldla glei hinder die ledzdn Haiser, in Hollweech sei Kadofflacker – also der hodd nerdirli nedd in Bauern Hollweech g'herrd, sondern uns. Und er hodd aa nedd Kadofflacker g'hassn, sondern Brärie. Und die Bengerz woor der Missisibbi. Und der Bobowski hind in den glann Behelfshaisla, der hodd gsachd, er is der Winnedou. Obber den hommern sein Winnedou scho geem! Die Bobowski woorn nemli Flüchdling. Ja genau: Flüchdling hodd mer seinerzeit zu die Laid gsachd, däi wou aweng anderschd gredd hom wäi mir. Zu einen Flüchdling wern mir Winnedou soong und Edler Häubdling! Suu weid kummds nu.

Die Jobsder aff der driibern Seidn vo der Bengerz woorn aa aweng andersch wäi mir. Däi hommer gfodzd, wemmers aff unserer Seidn derwischd hom. Odder sie hom uns gfodzd, wenns uns aff ihrer Seidn derwischd hom. Und Ami hom seinerzeit aa ba uns im Värddl gwohnd. Richdiche Ami. Mid denni hommer blouss gredd, wemmer a Coca-Cola vo ihner gräichd hom. Odder a Weißbrood mid ganz dick Neechernussbudder draff. Genau, Neechernussbudder hodd des seinerzeit g'hassn.

Und der Kleinbauer Schdäädler, der hodd a Hulzbaa g'habd. Den hommer under sein Blumbs-Abordd immer a Blech drunder gschuum. Nou hodds gscheid gschebberd, wenner am Abordd gween is, und er is uns mid der Huusn in die Gniekehln nouchgrennd. Obber er hodd uns nedd derwischd, waller ja a Hulzbaa g'habd hodd.

Ami, Jobsder, Flüchdling, hulzbaanerde Kleinbauern – däi hom seinerzeit nichd zu unsern Schdamm g'herrd. Unser Weld damals is zwoor bis weid hinder die Brärie, bis nach Ameriga ganger. Obber in Jobsd woor die Grenz.

Ja und wäi iich edzer aus meine Erinnerungen widder aufgwachd bin, aff der rechdeggerdn Bänk in den rechdeggerdn Kinderschbillbladz, dou hobbi Kinder gseeng. Außerhalb vo den Schbillblatz. Aff der Schdrass. Däi hom mid selberbaude glanne Doore und Eishockeyschläächer und suu Inline-Dinger an die Fäiss homs Street-Soccer gschbilld. Anner woor der Schbrouch nouch vo dou, anner hodd aweng türkisch ausgschaud, anner aweng chinesisch, anner aweng mid Neechernussbudderfarb im Gsichd. Und däi hom mid den rechdeggerdn Schbillbladz es gleiche gmachd wäi die Hund: Draff gschissn. Grenznlos.

Und wäi i ganger bin, hobbi mi manchmool immer nu aweng rumdreed nach däi Kids. Und hob mer dengd: Es gibd nu Hoffnung. Und es is nedd schlechd, wenn die Erinnerunger an fräihers mid der Zeid aweng glenner wern. Manche jeednfalls. Hobbi mer dengd. Aa wenn es grenznlose Denkn an aldn Moo ofd schwer fälld.

Ruth Schröder
Flucht nach Gotenhafen am siebzehnten Geburtstag

Vater hörte regelmäßig den Schwarzsender der Alliierten bei unserem Nachbarn, einem Schuster. So erfuhren wir, dass die Russen über die deutsche Grenze einmarschiert und Ostpreußen und Schlesien besiegt hatten.
Wir schrieben das Kriegsjahr 1944. In unserem Dorf waren viele Männer für Großdeutschland gefallen. Adolf Hitler glaubte immer noch an den Endsieg.
Mein Bruder Paul wurde in dem Jahr als Siebzehnjähriger eingezogen, um Deutschland doch noch zum Sieg zu verhelfen. Alle, die noch laufen konnten, auch alte Männer, mussten zum Volkssturm.
Zu uns nach Hinterpommern kamen die ersten Flüchtlinge aus Ostpreußen mit Pferd und Wagen, mit Kind und Kegel. Der Flüchtlingsstrom riss nicht mehr ab. Sämtliche Straßen von Ostpreußen bis Pommern waren überfüllt. Es kamen jeden Tag neue Wagen in unser Dorf. Der Bürgermeister hatte angeordnet, dass wir Dorfbewohner den Flüchtlingsfamilien eine Nacht Unterkunft geben und deren Pferde versorgen mussten.
Mein Vater unterhielt sich gern mit den Leuten, denn es waren Landsleute. Vater war in Ostpreußen, in Fischhausen geboren und als junger Mann nach Pommern gekommen. Sein Vater war Fischer gewesen.
Weihnachten 1944 war schlimm. Wir hörten nichts von meinen Brüdern Heinz und Paul, die irgendwo an der Front kämpften.
Mutter hatte keine Lust mehr zu leben. Für sie war das alles zu viel. Auch von ihrer Schwester in Berlin hörten wir nichts. Die Post kam nicht mehr durch.
Das Jahr 1945 begann mit viel Schnee und starkem Frost. Es hatte bis zu 30 Grad minus und die Stube wurde nicht mehr richtig warm. Wir mussten haushalten, denn die Feuerung wurde knapp.
Mutter wurde krank, bekam hohes Fieber und starb am achten

Februar 1945 im Alter von 54 Jahren. Meine verheiratete Schwester Edith kam zur Beerdigung. Das ganze Dorf nahm Anteil und begleitete den Sarg. Der Friedhof lag weit entfernt und ein Großbauer hatte uns Pferd und Wagen für den Sarg zur Verfügung gestellt.

Meine Schwester wollte 14 Tage bleiben, aber aus ihrer Heimfahrt wurde nichts, denn die Russen waren bei Kolberg bis zur Ostsee vorgedrungen und wir waren eingekesselt. Wir konnten nur noch über die Ostsee die Heimat verlassen.

Unser Dorf wimmelte von Soldaten. Auch in unserem Haus wohnten welche und ich hatte mich das erste Mal verliebt. Ernst war 18 Jahre alt und kam aus dem Westerwald.

Am 5. März 1945, es war mein 17. Geburtstag, erhielten »unsere« Soldaten den Befehl, um 20 Uhr zum Schulhof-Sammelplatz zu kommen. Als sie spät am Abend zurückkehrten, sagten sie: »Ihr kommt jetzt mit, packt ein paar Sachen ein und dann nichts wie weg. In zwei Tagen steht der Russe vor der Tür.«

So sind wir an meinem 17. Geburtstag geflüchtet.

Wir fuhren in einem Konvoi von Militärfahrzeugen. Der Befehl lautete, zur Sammelstelle nach Stolp, in die Kreisstadt zu fahren.

Dort kamen wir erst am frühen Morgen an, denn die Straßen waren total überlastet. Da das Militär Vorrang hatte, saßen wir im Wagen und fuhren an den Flüchtlingen, die mit Pferd und Wagen auf der Straße waren, vorbei. Für mich zählte nur, dass ich in der Nähe von Ernst war. Die Sonne schien und es roch schon nach Frühling, obwohl noch überall Schnee lag.

Von Stolp aus, ging die Fahrt weiter Richtung Ostsee.

Plötzlich wurden wir von den sogenannten »Kettenhunden« kontrolliert. Ernst und sein Freund erklärten, dass sie Munition aus Lauenburg holen sollten. Als Beweis zeigten sie auf zwei Kisten, die unter ihren Sitzen verstaut waren. Die Polizisten ließen sich kein Märchen auftischen und holten die beiden mit aufgepflanztem Gewehr vom Wagen. Sie wurden als Deserteure hingestellt und sollten erschossen werden. Auch uns fassten sie nicht mit Samthandschuhen an. Als sie sahen, dass Vater gehbehindert war, ließen sie Gnade walten. Mein junges Glück war jäh zerstört.

Es wurde Abend, wir froren, hatten Hunger und suchten eine Bleibe für die Nacht. Diese fanden wir in einer großen Scheune, wo schon einige Hundert Menschen im Stroh lagen.

Das Schlimmste waren die Donnerbalken im Wald. Am nächsten Tag standen wir wieder an der Straße. Gegen Mittag hielt ein Lastwagen, voll beladen mit Zuckersäcken. Wir saßen auf den Zuckersäcken und stopften uns die Taschen voll. Über uns flogen Bombengeschwader. Wir konnten sie nicht sehen, hörten aber das Brummen der Motoren.

Am 9. März 1945 kamen wir in Gotenhafen an. Dort wurden wir registriert und bekamen eine Wohnung in der Adolf-Hitler-Straße zugewiesen. Für Lebensmittel gab es eine Zuteilung von der Kommandantur. Das Meiste wurde aber von uns »organisiert«.

Für mich war das Ganze wie ein Abenteuer und wie Ferien, die ich nie gehabt hatte. Ich genoss die Freiheit, endlich einmal nicht arbeiten zu müssen. Überall hielt ich nach Ernst Ausschau.

In der Ostsee lag die *Deutschland* auf Reede und wurde mit Flüchtlingen beladen. Zuerst kamen Frauen mit Kleinkindern, dann Angehörige der Marine an Bord. Auch wir versuchten unser Glück und schoben Vater vor, weil er Invalide war. Wir standen abwechselnd in der Menschenschlange, hatten aber kein Glück. Die *Deutschland* lief ohne uns aus. Wir wurden in einem Fischerboot zur Halbinsel Hela gebracht. Wie durch ein Wunder traf ich Ernst dort wieder.

Robert Unterburger
Kriegsende in Allersberg

Am Ende des Zweiten Weltkriegs erlebte Allersberg die schwärzesten Tage seiner Geschichte. Drei Tage und Nächte lang stand der Ort im Zentrum von Kampfhandlungen und einer sinnlosen Schlacht, die einen großen Teil Allersbergs in Schutt und Asche legte und über 200 Menschen das Leben kostete. Eine – für diesen Ort – bisher nie gekannte und ungeheure Bilanz des Schreckens zeichnete sich ab, als die Waffen schwiegen: 20 tote und 100 verletzte Zivilisten, 24 tote deutsche Soldaten, auf amerikanischer Seite wird sogar von 168 toten GIs berichtet. Von den rund 200 Häusern der Marktgemeinde wurden 47 völlig, 120 weitere schwer zerstört. Für rund 150 Familien gab es kein Dach mehr über dem Kopf. 68 Stunden heftiger Kämpfe verwandelten den Markt in ein Trümmerfeld. Keine Gemeinde im damaligen Landkreis Hilpoltstein wurde in den letzten Kriegstagen noch so heftig umkämpft, keine andere hatte so viele Opfer zu beklagen, keine andere wurde so verwüstet.

Wie kam es dazu? Amerikanische Soldaten der 42. US-Division rückten im Verband des 15. US-Corps nach der Einnahme von Nürnberg am 20. April 1945 nach Süden vor. Der Hauptstoßkeil lag auf der Autobahn und auf den Straßen von Nürnberg in Richtung Feucht und Neumarkt/Oberpfalz, dann nach Schwabach, Roth, Hilpoltstein und Weißenburg. Am Abend des 20. April 1945 waren die Amerikaner bis Harrlach und Altenfelden vorgerückt. US-Batterien, die hier in Stellung gegangen waren, eröffneten das Feuer auf Allersberg.

Am 20. April 1945, einem Freitag, um 17.30 Uhr kam der Krieg nach Allersberg. An diesem Tag fiel Nürnberg. Um etwa 18.30 Uhr schlug die erste amerikanische Granate ein und traf den Kirchturm der katholischen Pfarrkirche. Man vermutete dort, am höchsten Punkt des Marktes, feindliche Beobachtungsposten.

Dies war der Auftakt zu einem dreitägigen Bombardement mit nur wenigen Pausen, das erst am Montag, 23. April 1945, gegen 14.30 Uhr endete.

Militärisch war der Krieg zwar längst verloren, dennoch gingen SS-Einheiten und zusammengewürfelte deutsche Verbände in Stellung. Zwischen Neumarkt, Allersberg und Spalt versuchten sie eine Verteidigungslinie aufzubauen. In Allersberg musste der Volkssturm auf Befehl von Kreisleiter Minnameyer eine Panzersperre im Torturm aufbauen.

Wer genau zu schießen begann, kann heute nicht mehr gesagt werden. Zwei Soldaten aus Südtirol, Rico Tarminer und Aldo Tolmei, die auf deutscher Seite gekämpft haben, haben später ihre Erlebnisse niedergeschrieben.

Ihren Berichten zufolge gingen die deutschen Einheiten westlich und südwestlich von Allersberg in Richtung Autobahn und nördlich nach Altenfelden und Pruppach in Stellung. Im Süden und Südosten wurden Flak-Geschütze aufgebaut. Die deutschen Panzer bezogen südöstlich von Allersberg am Waldrand Stellung. Daraus erklären sich die starken Gebäudeschäden im südöstlichen Teil des Ortes.

Der erste Tote, ein deutscher Landser, war an der Brücke in der Freystädter Straße zu beklagen. Im Nu standen die ersten Häuser in Flammen, da die Amerikaner vermutlich mit Brandbomben feuerten.

Gegen 19 Uhr fuhren am Wachtgraben deutsche Panzer Richtung Autobahn. Vermutlich ist das einer der Gründe, weshalb besonders der Süden der Marktgemeinde zur bevorzugten Zielscheibe der amerikanischen Geschütze wurde. Schon am ersten Abend brannten die Häuser am Wachtgraben, in der Schwabengasse, am Hinteren Markt und am Zwischenmarkt lichterloh.

»Trotz feindlichen Feuers begann die Feuerwehr mit Hilfe des Volkssturms und Männern unseres Bataillons mit dem Löschen«, schreibt der Augenzeuge Rico Tarminer. »Nachdem dabei einige Männer verwundet und getötet worden waren, wurde dies aufgegeben.«

»Die Männer leisteten Übermenschliches«, heißt es in einem Bericht des damaligen Allersberger Bürgermeisters Franz Frey. Er war Schulrektor und ihm kam in den letzten Kriegstagen unter anderem auch die Führung der Feuerwehr und des Volkssturms zu. Nach dem Krieg wurde er verhaftet, allerdings verwendeten sich französische Kriegsgefangene bei den Amerikanern für ihn.

Vom Gilardihaus aus, seinem Wohnsitz, versuchte Frey die

Rettungsmaßnahmen zu organisieren. Zwar wurden die Verletzten geborgen, die Toten jedoch musste man wegen des heftigen Beschusses liegen lassen.

Viele Allersberger flüchteten aufs Land, versteckten sich in ihren eigenen Kellern oder harrten in einem der drei Felsenkeller – dem Lammwirtskeller, dem Lechnerskeller (Fiedler) und dem Scharlskeller – aus. Manche mussten sogar in die Keller gezwungen werden, weil sie ihr Haus nicht möglicher Plünderung preisgeben wollten. Alles Vieh sollte in Bauerndörfern untergestellt oder in die nahen Wälder getrieben werden.

»Abgekämpfte, niedergeschlagene, hungrige Soldaten schliefen in Treppenhäusern, Gasträumen und Scheunen«, schreibt Frey in seinen handschriftlichen Erinnerungen.

Eine Gruppe von SS-Panzern wollte von der Autobahn kommend östlich des Ortes in Stellung gehen. Frey wurde vom Kommandanten der Gruppe angedroht, er – Frey – werde am Marktplatz aufgehängt werden, wenn die Sperren im Torturm nicht innerhalb einer Stunde entfernt würden. Außerdem drohte man Frey die Erschießung an, wenn im Ort eine einzige weiße Fahne zu sehen war. Als Frey in seiner Verzweiflung beim Kreisleiter anrief, was er nun tun sollte, riet ihm der, sich abzusetzen. Freys Schwager musste schließlich die deutschen Panzer über den Wachtgraben umleiten. Der Torturm wäre bei einem Durchbruch der Panzer mit an Sicherheit grenzender Wahrscheinlichkeit zerstört worden.

Am Samstag nahmen die Kämpfe an Härte zu. Die Amerikaner griffen mit Panzern und Infanterie an, wurden aber zwei Mal zurückgeschlagen. Am Sonntag erfolgten erneute Angriffe. »Der Gegner kämpfte sich trotz unseres Widerstands bis an den Ort heran«, berichtet Aldo Tolmei. »Entlang der ganzen Autobahn entbrannte der Kampf, Angriff und Gegenangriff wechselten einander ab.« Eine Einschließung wurde verhindert, doch wurde bereits um die ersten Häuser gekämpft. »Die Stadt sah schlimm aus, zerstörte Häuser, brennende Gebäude, ausgebrannte Fahrzeuge und Panzer«, schreibt Tolmei.

In den Pausen des Artilleriefeuers wagten sich die Menschen aus den Kellern, versuchten neue Lebensmittel zu holen oder die Tiere im Stall zu versorgen.

Im Scharlskeller war wegen Überfüllung die Luft knapp geworden. Deshalb gruben die Menschen ab Samstag fast zwei Tage lang, um einen verschütteten zweiten Zugang zu öffnen. Am Sonntag war der Durchbruch geschafft. Vor lauter Freude standen die Leute am Eingang. In diesem Moment schlug eine Granate ein, durch den ganzen Keller flogen Splitter, die Schutzsuchenden wurden schwer getroffen. Es gab Tote und Verletzte. Die Verletzten wurden zu Dr. Wilhelm Vogel in die Praxis in der Gilardistraße gebracht. Dort jedoch schlug ebenfalls eine Bombe ein, wieder starben Menschen.

Tote gab es auch im Sägewerk der Familie Mang in der Neumarkter Straße. Die Familie blieb im eigenen Keller, den Max Mang mit Eisenbahnschienen hatte stützen lassen. Im Keller der Mangs saßen auch eine dreiköpfige Familie aus dem zerbombten Nürnberg sowie Hendrik Raven, ein 18-jähriger Holländer, der sich als Deserteur von seiner SS-Einheit – vermutlich die SS-Division »Götz von Berlichingen« – abgesetzt hatte. Der junge Holländer hatte in einem Schützengraben am Ortsrand von Allersberg, wo sich auch das Haus der Familie Mang befand, mit noch einem Kameraden gelegen und zu verstehen gegeben, dass er nicht mehr weitermachen wolle.

Als das Haus der Familie Mang mehrere Volltreffer bekommen hatte, versteckten sich die Bewohner im mittleren Kellerraum. Da die Einschläge immer näherkamen, erkannte Max Mang die Todesgefahr und befahl allen, in einen anderen Raum zu flüchten. Hals über Kopf ergriffen alle die Flucht und in diesem Moment schlug eine Granate ein. Der holländische Soldat, die 17-jährige Tochter Erna des Nürnberger Ehepaars und deren Mutter starben im Keller. Auch der Bruder des Mädchens erlitt eine tödliche Brustverletzung. Der Vater des Mädchens wurde an der Ferse verletzt und nur die fünfköpfige Familie Mang entrann dem Tod um Sekunden. Die Leichen verblieben noch einige Tage im Keller und wurden dann zur Bestattung abgeholt.

Am Montag, den 23. April 1945, ging für Allersberg der Krieg zu Ende. Gegen Mittag machte sich Kaplan Köferler mit einer weißen Fahne auf, um den Amerikanern entgegenzutreten. Um 14 Uhr schlug die letzte Granate ein, am späten Nachmittag wagten sich die Menschen aus den Kellern. Die deutschen Soldaten hatten den Befehl zum Abzug bekommen und zogen sich nach Süden zurück, etwa ab 13 Uhr rückten die amerikanischen Soldaten von Norden nach.

Ohne formelle Übergabe übernahmen die Amerikaner Allersberg. Im Gilardihaus und im Schwarzen Adler zogen die amerikanischen Kommandeure ein, für die Truppe wurden weitere Häuser beschlagnahmt. Die betroffenen Allersberger mussten erneut in den Kellern übernachten.

Nach den Truppenberichten fielen um Allersberg 24 deutsche Soldaten sowie ein holländischer SS-Soldat und ein italienischer Hilfswilliger. Die Verluste der Amerikaner betrugen den Berichten zufolge 168 Mann.

Stunde Null in Allersberg. Die gefallenen deutschen Soldaten wurden zunächst im Friedhof bestattet, später fanden sie im Soldatenfriedhof bei Treuchtlingen ihre letzte Ruhe. Die 20 toten Zivilisten, darunter auch Frauen und Kinder, ruhen heute noch an der gleichen Stelle am Eingang des Allersberger Friedhofes, wo sie bereits Ende April 1945 bestattet worden waren.

Früher zierte ein schlichter Stein das Gemeinschaftsgrab, das seit 1995 durch die Namensnennung die Toten aus der Anonymität heraushebt und durch eine würdige Umgestaltung eine Mahnung für alle Nachgeborenen darstellt, den Krieg zu ächten. Der ursprüngliche Grabstein mit der Inschrift »Zum Gedenken für die Opfer bei den Kämpfen in Allersberg 20.–23.4.1945« wurde wieder an der ursprünglichen Stelle nahe der Friedhofsmauer aufgestellt.

Adelheid Zogel
»Als Krankenschwester an der Front«
Interview am 5. November 2005 mit Frau Magda K. im Blindenheim Bielefelder Straße, Nürnberg

Verabredet war, meiner Bekannten aus Oberschlesien beim heutigen Besuch zum Thema »Wie hast du als Krankenschwester den Krieg und die Zeit danach erlebt« Fragen zu stellen. Ich treffe die 90-Jährige gut gelaunt an, sie hat bereits auf mich gewartet, damit ich Kaffee koche.

Vor einigen Jahren haben wir uns hier in Nürnberg, vermittelt durch die Enkelin meiner Patin, getroffen. Wir kommen aus demselben Heimatort Stillersfeld–Oberschlesien, jedoch sind wir uns dort nie begegnet.
 Bereits mit 18 Jahren verließ ich mein Elternhaus, um eine Ausbildung als Krankenschwester in Zossen bei Berlin zu beginnen. Nach bestandenem Examen hatte ich das Glück, von der Charité in der Chirurgie, wo auch der berühmte Professor Sauerbruch tätig war, zu arbeiten.

Hast du neben den interessanten Dingen im Beruf auch die Ereignisse, zum Beispiel die Olympiade 1936, bewusst erlebt?
 Diese Zeit war sehr bewegend, doch bereits Monate vor Kriegsbeginn wurde ich mit vielen anderen Schwestern in das Wehrmachtskrankenhaus Windsdorf verpflichtet und bald nach dem Polenfeldzug ging es mit unserer Sanitätseinheit nach Warschau.

Wie erlebtest du die neue Situation in der von den deutschen Truppen eroberten polnischen Metropole?
 Unsere Sanitätsstation wurde in einem Gerichtsgebäude mitten im Warschauer Getto eingerichtet. Für uns Schwestern gab es in der Chirurgie sofort viel zu tun.

Blieb die Sanitätseinheit auch nach dem Einmarsch nach Russland im Juni 1941 in Warschau?
Nein, es dauerte nur eine kurze Zeit nach dem 21. Juni, da kam der Befehl, die Einheit nach Osten in die Nähe von Minsk zu verlegen. Dort wurde mitten im Wald ein Stationsort neu errichtet. Wir Schwestern und Ärzte arbeiteten täglich 13 bis 15 Stunden, behandelten Verwundete und versorgten sie für den Weitertransport. Viele Sterbende waren dabei.
Erst im Januar 1945 verließen wir bei minus 36 Grad Kälte das Sanitätslager und flüchteten, teils mit dem Auto, teils zu Fuß, durch Weiß-Russland, Litauen bis nach Ostpreußen. Dort sollte uns die *Wilhelm Gustloff* aufnehmen. (Ehedem KDF-Schiff – dann für die Aufnahme von Flüchtlingen bereitgestellt. Tragödie nach Torpedierung durch sowjetisches U-Boot.)

Habt ihr dieses Ziel erreicht?
Ja, wir erreichten Gotenhafen. Doch das Schiff war bei unserer Ankunft bereits überfüllt und dann zogen wir wie alle Flüchtenden weiter, um der sowjetischen Gefangenschaft zu entgehen. – Im April erreichten wir dann Ratzeburg.

Wie viele Schwestern zählte eure Einheit noch? Und wo wurdet ihr untergebracht?
Wir waren nur noch 13 Schwestern, geschlafen haben wir im Auto, bis die Engländer uns gefangen nahmen. Im Mai kamen die Amerikaner und brachten uns auf ein Gut bei Mölln. Man wies uns Haus- und Putzarbeiten zu, dafür erhielten wir Verpflegung. Wir hofften entlassen zu werden, doch unerwartet zogen die Amerikaner ab – es war Juni – und eine Einheit sowjetischer Soldaten, zirka 700 Mann, besetzte das Gut. Uns Schwestern sperrte man in einen großen Raum und wir waren Willkür und Vergewaltigungen ausgesetzt.
Ich kann es heute – 60 Jahre danach – nicht mehr beschreiben, es waren wohl alle Gefühle ausgeschaltet, auch später, um überleben zu können, verdrängt. Doch die Narben blieben!

Nach diesen grauenhaften Erlebnissen – wie ging das Leben weiter?
Wir hatten nur noch Fluchtgedanken. Um den Schreckensort verlassen zu können, benötigten wir einen Passierschein.

(Frau Magda konnte plötzlich nicht mehr weitererzählen. Zu stark und bitter war die Erinnerung dieser Zeit der Demütigung, Gewalt und Angst – der Hoffnungslosigkeit. Erst nach einer längeren Pause wagte ich erneut das Gespräch aufzunehmen.)

Wann und wie gelang das Entkommen? Wie erreichtest du Berlin?

Die Flucht gelang schließlich. Nach vielen Mühen und Entbehrungen kam ich in der zerstörten Hauptstadt an. Mein möbliertes Zimmer in Wedding hatte die Bombardierung und Kampfhandlungen überstanden. Nach der Registrierung erhielt ich auf Anfrage beim Suchdienst in Hamburg die Nachricht, dass meine Eltern im Heimatort in Oberschlesien am Leben sind und meine jüngere Schwester Edith sich in der Nähe von Stuttgart aufhält. Dies gab mir wieder Lebensmut.

Wie war der Beginn in Berlin?

Das Überleben war sehr schwierig und so plante ich, nach Süddeutschland zu meiner Schwester zu ziehen. Im März 1946 durfte ich als eine der Begleiterinnen bei einem Kindertransport mitfahren. Es handelte sich um eine Aktion beider großen Kirchen, die missbrauchte Kinder zur Heilung in ein Kloster bei Stuttgart brachten.

Ich nützte die Gelegenheit, um meine Schwester in Jagstfeld wiederzusehen. Leider konnte sie mich nicht aufnehmen – sie wohnte noch mit zwei anderen heimatlosen Kinderschwestern in einem Zimmer. So suchte ich in Stuttgart Arbeit und eine Bleibe.

Du bist nach Oberschlesien gereist. Wie gelang es dir, zu den Eltern zu kommen?

In dieser Zeit waren die Grenzen geschlossen und es gab keine öffentlichen Züge.

Zufällig lernte ich im April 1947 einen amerikanischen Offizier kennen, der Rücktransporte in die von Polen besetzten Gebiete begleitete. Diese Hilfsorganisation der UNO ermöglichte meinen Besuch im Elternhaus. Es gelang mir, unser Haus vor der Beschlagnahmung der polnischen Behörden zu retten. – Eine Rückkehr nach Deutschland wurde mir, trotz aller Bemühungen, verwehrt.

ANMERKUNG: Frau Magda musste die polnische Sprache erlernen, die deutsche Muttersprache war überall unter Strafe verboten. Neben verschiedenen berufsfremden Tätigkeiten pflegte sie ihre Eltern bis zu deren Tod 1961 und 1964.

Das Bemühen, nach Deutschland auszureisen, gelang erst nach Jahren.

Am 22. Dezember 1973 traf sie im Grenzdurchgangslager in Friedland als Aussiedlerin ein.

Der Preis für die Ausreisepapiere waren Hab und Gut – das Elternhaus.

Bio-bibliografischer Anhang

ASTER, SIGLINDE, 1941 in Nürnberg geboren, lebt in Nürnberg, kaufmännische Angestellte, arbeitet an einer Familienchronik und betreibt professionelle Familienforschung. Ihre Hobbys sind Malen, Töpfern, Chorgesang. Gründungsmitglied im Autorenkreis Blaue Feder.

BACHSTEIN, STEFANIE, 1950 in Wöhrden geboren, aufgewachsen in Büsum an der Nordsee, lebt in Schwabach und arbeitet im sozialpädagogischen Bereich, ist Mitglied im Freien Deutschen Autorenverband. Veröffentlichungen: Du hättest leben können (über den Unfall ihrer Tochter und deren Tod nach einem ärztlichen Behandlungsfehler), 2002. Blauort, Gedichte, 2004. Meer und mehr, Erzählungen, 2006.

BAUM, GÜNTHER, gelegentl. Pseudonym: Waltraud Günther, 1936 in Görlitz/Sachsen, geboren, seit 47 Jahren in Nordbayern, Autor, Mitglied im Verband Deutscher Schriftsteller, Auswahl an Veröffentlichungen: Agnes Stöcklin. Erst, als die letzte Trommel schwieg. Viel mehr als Fleisch und Blut – Der angepasste Deutsche.

BRAUN, ELLEN, 1957 in Bamberg geboren, Verwaltungsbeamtin, Dozentin am Bildungszentrum in Nürnberg mit der Vortragsreihe: Weit gereiste Frauen. Sie liest leidenschaftlich gern und viel, besonders Biografien. Schreiben bedeutet für sie Reflexion und Weiterentwicklung der Persönlichkeit. Gründungsmitglied im Autorenkreis Blaue Feder.

BUHL, WOLFGANG, 1925 in Reinsdorf bei Zwickau geboren, seit fünf Jahrzehnten in Franken, Studium der Germanistik, Geschichte, Philosophie, Theaterwissenschaften und Promotion in Erlangen, Honorarprofessor für Publizistik in Erlangen, ehem. Redakteur bei den Nürnberger Nachrichten, ehem. Studioleiter des Studio Franken des Bayerischen Rundfunks. Zahlreiche Publikationen, als Hrsg.: Fränkische Klassiker, die erste Literaturgeschichte Frankens, 1971. Hermann Kesten, Mit Menschen leben, Essays,1999. Als Autor: Karfreitagskind, Roman, 1999. Requiem für einen Chefredakteur, 2002, uvm., Mitglied im P.E.N., Wolfram-von-Eschenbach-Kulturpreis, 1992.

ENGELHARDT, ELISABETH, 1925 in Leerstetten bei Nürnberg geboren, wo sie zeitlebens wohnte, verstorben 1978, Brotberuf: Bühnenmalerin an den Städtischen Bühnen in Nürnberg. Autorin, Malerin. Förderpreisträgerin der Stadt Nürnberg, 1967. Wichtigste Veröffentlichungen: Feuer heilt, Roman, 1964. Ein deutsches Dorf in Bayern, Roman, 1974. Mitglied im

Verband Fränkischer Schriftsteller und Mitglied der Dortmunder Gruppe 61, der Autoren wie Max von der Grün, Günter Wallraff und Angelika Mechtel angehörten.

FEIERABEND, NORBERT, 1938 in Kaiserslautern geboren, lebt in Nürnberg, war Kaufmann, leitet eine Amateur-Theatergruppe und ist Vorsitzender der Kolpingsfamilie in Nürnberg, schreibt Presseartikel und zeichnet seine Erinnerungen für seine Enkel und Urenkel auf. Mitglied der Autorengruppe Blaue Feder.

FLEISCHER, SUSANNE, 1954 in Erlangen geboren, wohnt seit elf Jahren in Nürnberg, u. a. Reisekauffrau, Arztsekretärin, Vertriebssachbearbeiterin. Schreiben ist ihr Lebenselixier. Sie besucht gerne Lesungen und Theateraufführungen und liest mit Begeisterung. Seit 2004 arbeitet sie an ihrem ersten eigenen Buch. Veröffentlichungen in Anthologien: Hrsg.: Sonderzeit, Rothfeder, 2005, und in: Ausgewählte Werke VIII der Bibliothek deutschsprachiger Gedichte, 2005, engagiert sich im Verein aktiver Bürger, dessen Mitglieder Hilfe suchende Mitbürger betreuen. Mitglied im Autorenkreis Blaue Feder.

FRODERMANN, INGEBORG, Pseudonym: Sibylle Graw, 1934 in Radolfzell am Bodensee geboren, lebt im Raum Fürth und war Chefsekretärin und Sachbearbeiterin. In ihrer Freizeit malt und schreibt sie gerne und war Mitglied eines Chores. Veröffentlichung: Memorabilien, Gedicht, in Anthologie: Familien-Bilder, Hrsg. Caritasverband der Erzdiözese Bamberg, 2006. Als Gründungsmitglied des Autorenkreises Blaue Feder geht es ihr vor allem um autobiografische Aufarbeitung.

GEYER, HELGA, 1936 in Nürnberg geboren, lebt in Nürnberg, war kaufmännische Angestellte und ist Gründungsmitglied des Autorenkreises Blaue Feder. Sie ist eine richtige Leseratte, der das Lesefutter nie ausgehen darf. Ihr Interesse gilt aber auch der Musik und dem Theater. Helga Geyer schreibt an einer Familienchronik und liebt den Austausch mit anderen Autoren und Autorinnen in der Blauen Feder.

GLASER, HERMANN, geboren 1928, lebt im Raum Nürnberg, Studium der Germanistik, Anglistik, Geschichte und Philosophie, Promotion, von 1964 bis 1990 Schul- und Kulturdezernent der Stadt Nürnberg, Honorarprofessor an der Technischen Universität Berlin, Mitglied im P.E.N. Veröffentlichungen: Deutsche Kultur 1945–2000, München 1997. Kleine Kulturgeschichte Deutschlands im 20. Jahrhundert, München 2002. Kleine Kulturgeschichte. Eine west-östliche Erzählung vom Kriegsende bis heute, Franfurt a.M., 2004. Ganz Ohr. Eine Kulturgeschichte des Radios in Deutschland, Köln/Weimar/Wien 2005, zus. mit Jürgen Koch. Jean Paul, Gunzenhausen 2006, zus. mit Johann Schrenk.

HARTUNG, MARGIT, 1943 in der Nähe von Schweinfurt geboren, seit dem dritten Lebensjahr in Nürnberg, staatl. gepr. Kindergärtnerin und Hortnerin, schreibt seit ihrem 24. Lebensjahr, Mitglied im Autorenkreis Blaue Feder.

HÖVERKAMP, INGEBORG, 1946 in Vilseck/Oberpfalz geboren, lebt seit fast 50 Jahren im Raum Nürnberg. Sie ist freie Autorin, Dozentin und Leiterin einer Schreibwerkstatt, Mitglied im Freien Deutschen Autorenverband, dem Pegnesischen Blumenorden, beim Frankenbund und der Landsmannschaft der Oberschlesier. 1991 Auszeichnung für Lyrik durch den Freien Deutschen Autorenverband, 1997 Elisabeth-Engelhardt-Literaturpreis, 2000 Aufnahme in das internationale Lexikon: 2000 Outstanding Writers of the 20th Century. Zahlreiche Publikationen u.a.: Elisabeth Engelhardt – eine fränkische Schriftstellerin, Biografie, 1994. Ein Riemenschneider in Mittelfranken, Literarischer Kirchenführer, 1996. Mondstaub, Gedichte, 1997. Zähl nicht, was bitter war ..., Roman, 2001.

HARTWIG, REINHILD, 1943 in Staßfurt/Sachsen-Anhalt geboren, Vater: Nürnberger, Mutter: Berlinerin, lebt in Roth, Sozialpädagogin, Mitglied im Autorenkreis Blaue Feder und in der Gruppe Sonderzeit.

HORNIG, ELISABETH, geboren 1938 in Schönau bei Bad Landeck/Regierungsbezirk Breslau, Schlesien, war Kfm. Angestellte und Familienhelferin, langjährige ehrenamtliche Mitarbeiterin beim Deutschen Wetterdienst für ihren Wohnort Weismain, Oberfranken und lebte nach dem Zweiten Weltkrieg viele Jahre in Frankreich. Ihr Hobby ist die Beschäftigung mit der Literatur. Sie ist Mitglied des Autorenkreises Blaue Feder, möchte ihre Erinnerungen für ihre große Familie niederschreiben und freut sich über die hilfreichen Kontakte im Autorenkreis.

KESTEN, HERMANN, geboren im Jahre 1900 in Podwoloczyska in Galizien, damals ein Kronland der Habsburgermonarchie, im Alter von vier Jahren Umzug nach Nürnberg, 1927 Übersiedlung nach Berlin, 1933 Exil in Holland, dann in Frankreich, ab 1940 in den USA, 1952 Rückkehr nach Europa, lebte fortan meist in Rom, 1974 Georg-Büchner-Preis, zahlreiche Auszeichnungen und Ehrungen, 1995 Stifter des Ersten Nürnberger Menschenrechtspreises, zahlreiche Veröffentlichungen: u.a. Die Zwillinge von Nürnberg. Die Kinder von Gernica. Josef sucht die Freiheit. Menschen im Cafe. Von 1972 bis 1977 Präsident des P.E.N.-Zentrums der BRD Deutschland, 1996 in Basel verstorben und dort beigesetzt.

KOWALSKI, CHRISTA, 1943 in Breslau/Schlesien, geboren, lebt in Schwanstetten bei Nürnberg, früher Versicherungskauffrau, jetzt ehrenamtlich bei der Telefonseelsorge, betreut blinde Menschen und schreibt an ihren Memoiren. Mitglied im Autorenkreis Blaue Feder. Ihre Hobbys sind Lesen, Aquarell- und Seidenmalerei und Schreiben.

MASNITZA, GEORG, 1939 in Hindenburg/Oberschlesien geboren, seit 1958 in Nürnberg, war Schlosser und später kaufmännischer Angestellter, Kulturreferent der Kreisgruppe Nürnberg der Landsmannschaft der Oberschlesier, Erster Vorsitzender dieser Kreisgruppe und Landesvorsitzender der Oberschlesier in Bayern, schreibt Presseberichte und ist Mitglied der Autorengruppe Blaue Feder.

POTHMANN, BRIGITTE, Dr. med., Allgemeinärztin und staatl. gepr. Ärztin für Akupunktur, 1948 in Bad Oeynhausen geboren, lebt seit 1978 im Raum Nürnberg, Mitglied im Autorenkreis Blaue Feder. Ihre Hobbys sind Malen, Lesen und Sport. Sie hat Freude an der Arbeit mit dem Wort und am Austausch mit den Kollegen und Kolleginnen im Autorenkreis.

RAAB, ANNI, 1925 in Ingolstadt geboren, lebt seit den 50er-Jahren in Nürnberg und war Bürokauffrau. Sie reist gerne und hat Freude an der aussterbenden Gattung des privaten Briefeschreibens. Sie arbeitet an einer Familienchronik und ist Mitglied des Autorenkreises Blaue Feder.

RAAB, JOHANN, 1919 in Ingolstadt geboren, lebt seit den 50er-Jahren in Nürnberg, Diplom-Ingenieur, war leitender Baudirektor im Straßen- und Brückenbau. Seine Hobbys sind Malen, Reisen und Gedichteschreiben. Er ist Mitglied im Autorenkreis Blaue Feder und schreibt an einer Familienchronik.

SCHÄF, MANFRED, lebt in Rednitzhembach bei Nürnberg und ist dort 1939 geboren. Von Beruf war er Maurer und Lagerist. Er ist zweiter Vorsitzender im Geschichtsverein seines Heimatortes. Seine Neigungen sind allesamt künstlerischer Natur: Musizieren, Schreiben, Malen. Er liest gerne, vor allem Sachbücher. Veröffentlichungen: Gedichte, in Anthologie: Rothfeder, Hrsg. Gruppe Sonderzeit, 2005, Mitglied im Autorenkreis Blaue Feder und in der Gruppe Sonderzeit. Er setzt sich schreibend mit seinen Erinnerungen auseinander und empfindet den Austausch im Autorenkreis als Gewinn für die eigene Arbeit.

SCHAMBERGER, KLAUS, 1942 in Nürnberg geboren, lebt in Wendelstein bei Nürnberg, Redakteur bei der Abendzeitung Nürnberg, Veröffentlichungen u. a. Mein Nürnbergbuch, Kurzgeschichten, Der Herr Kleinlein unterwegs, Nürnberger Stadtroman, Reihe: Ich bitte um Milde, Glossen. Zweiter Elisabeth-Engelhardt-Literaturpreisträger 2000.

SCHRÖDER, RUTH, 1928 in Gellen, Kreis Neustettin, Hinterpommern, geboren, lebt in Büsum an der Nordsee, Hausfrau und Mutter der Autorin Stefanie Bachstein.

UNTERBURGER, ROBERT, 1954 in Kipfenberg/Obb. geboren, lebt in Allersberg bei Nürnberg, Hauptschullehrer, Freizeitjournalist im Bereich Kultur, ehrenamtlicher Kreisarchivpfleger und Betreuer des Gemeindearchivs in Allersberg, Gründungsmitglied der Gruppe Sonderzeit, Veröffentlichungen u. a. 100 Persönlichkeiten aus dem Landkreis Roth, 2001, Jenseits der Lichtung und Der Wortvernichter, beides Erzählungen, 2006, Die Quote muss stimmen, Satiren, 2007.

WIENZKOL, GÜNTHER, 1922 in Hindenburg/Oberschlesien, geboren, seit 1938 in Nordbayern, seit Mitte der 50er-Jahre im Raum Nürnberg, Transport-Unternehmer, maßgeblich am Wiederaufbau Nürnbergs beteiligt. Seine Liebe gilt der klassischen Musik und der Literatur. Vater der Autorin Ingeborg Höverkamp. Mitglied in der Kreisgruppe Nürnberg der Landsmannschaft der Oberschlesier.

ZOGEL, ADELHEID, 1923 in Radzionkau/Ostoberschlesien geboren, lebt in Nürnberg, war Kindergärtnerin, Sozialpädagogin und Heimleiterin. Sie liebt Literatur, klassische Musik, Wandern und Reisen. Veröffentlichungen: Berichte in: Über die Familienzusammenführung der Spätaussiedler, Verlag Lambertus, Freiburg 1960, und in: Kommen noch heute Spätaussiedler und Verschleppte zu uns? Sie ist Mitglied in der Kreisgruppe Nürnberg der Landsmannschaft der Oberschlesier und im Autorenkreis Blaue Feder. Sie schreibt an einer Familiengeschichte und freut sich am Austausch mit anderen Kollegen und Kolleginnen im Autorenkreis.

Quellenverzeichnis

BACHSTEIN, STEFANIE, Wenn die Fischer Tango tanzen, aus: Meer und mehr, Erzählungen, Norderstedt 2006.

BAUM, GÜNTER, alias: Waltraud Günter, Der erste Einsatz als Pimpf und: Eine Bombe im Treppenhaus, aus: Viel mehr Fleisch als Blut, Roman, R. G. Fischer Verlag, Frankfurt a.M.1992.

BUHL, WOLFGANG, Das Schiff, aus: Karfreitagskind, Roman, ars vivendi verlag, Cadolzburg 1999, gekürzte und überarbeitete Fassung.

ENGELHARDT, ELISABETH, Trümmerzeit auf dem Lande, Rundfunksendung, Studio Franken des Bayerischen Rundfunks, Nürnberg, 1. Mai 1977, 12.05–13 Uhr, Bayern 2, gekürzte Fassung.

GLASER, HERMANN, Die Amis sind da, Nachmittagsspaziergang, Sommeridyll, aus: Und du meinst, so bliebe es immer, Spurensuche in Franken und anderswo, ars vivendi verlag, Cadolzburg 2001.

HÖVERKAMP, INGEBORG, Eine Geburt auf der Flucht aus Oberschlesien, aus: Zähl nicht, was bitter war ..., Roman, Hohenloher Druck- und Verlagshaus, Gerabronn/Crailsheim 2001.

Weihnachten 1944, aus: Rothfeder, Anthologie, Hrsg. Gruppe Sonderzeit, Norderstedt 2005.

KESTEN, HERMANN, Wiedersehen mit Nürnberg, aus: Mit Menschen leben, hrsg. von Wolfgang Buhl, ars vivendi verlag, Cadolzburg 2003, gekürzte Fassung.

SCHAMBERGER, KLAUS, Das Flussbad in Mögeldorf, aus: Die Pegnitz: Augenblicke eines Flusses, hrsg. von Herbert Liedel und Helmut Dollhopf, Stürtz Verlag, Würzburg 1982.